AF185490

Per Selbstdritt:
Eine Entdeckungsreise zu sich selbst
Ist so wie das Leben nichts endgültiges

Das Leben besteht aus Geschichten nicht aus Atomen
Manuel Rukeyser

Autor:
Peter Kramer geboren 1974 in Harlaching/München
Erstes Mal annähernd gestorben 20.03.1995
Zweites Mal fast gestorben 11.10.2018

…und dazwischen viel erlebt.

Kramer

Per Selbstdritt

X Geschichten über die Unendlichkeit des inneren Seins X

© 2019 Peter Kramer

Verlag & Druck: tredition GmbH, Halenreie 40-44, 22359 Hamburg

ISBN
Paperback   978-3-7482-4943-6
Hardcover   978-3-7482-4944-3
e-Book   978-3-7482-4945-0

Inhaltsverzeichniss:

Wann meinen Sie, lohnt sich das Leben?

„Bei der Empfindung von Glück."

Wann empfinden sie Momente des Glückes?

Arne: „Wenn ich nach getaner Arbeit zu Hause bin."

Max: „Wenn ich mit mir alleine bin."

Lou: „Wenn ich Drogen nehme."

Andreas: „Wenn ich das, was ich denke, in irgendeiner Form verwirklicht sehe."

Stefan: „Wenn ich viele Menschen um mich sehe und mit ihnen Spass habe."

Rolf: „Wenn eine Frau mich anschaut."

Paul: „Wenn ich mich schlage und sehe ich bin stärker als mein Gegner."

Udo: „Wenn mich andere so anschauen, als wäre ich etwas besonderes."

I. DIE AUSSTELLUNG

Max

Wollte er sie nicht verstehen, oder konnte er es nicht?
Kamen sie mit ihm nicht aus, oder er mit ihnen nicht?
Er wusste es nicht und das beunruhigte ihn. Er konnte sich nicht ausmalen, wie es am besten gewesen wäre, sich zu verhalten. Max hatte Spaß daran, sie zu beobachten und nicht mit eingreifen zu müssen in ihre Unterhaltungen. Es versuchten sich zwar ein paar mit ihm zu unterhalten, aber Max schien nicht sehr interessant für ein längeres Gespräch zu sein, denn sie wandten sich ziemlich schnell wieder von ihm ab. Wahrscheinlich wollten sie sich ihre gute Laune von ihm nicht verderben lassen. So ging Max in eine Ecke des Raumes, von der aus er alles beobachten konnte und begann ein interessiertes Gesicht aufzusetzen, um nicht aufzufallen. Er kam sich wie in einem falschen Film vor, mit einem Drehbuch, das für ihn keine Rolle vorgesehen hatte.
Aber warum war er dann eigentlich hier? Hier in diesem kleinen Raum, der mit Menschen hoffnungslos überfüllt war. Man konnte die Ausstellungsstücke, um die sich der Empfang eigentlich drehen sollte, vor lauter Körpern gar nicht mehr erkennen, aber Max glaubte, dass nur wegen den Ausstellungsstücken sowieso keiner hier war.
Wo war eigentlich Lou? Er hatte ihn schon lange nicht mehr gesehen und beschloss, dass wenn er nicht bald wieder kommen würde, er die Ausstellung verlassen müsste. Max kannte hier außer Lou, der ihn gestern überredete mitzukommen, keinen und wollte auch niemanden näher kennenlernen. Die Leute sahen hier irgendwie auch nicht so aus, als ob sie interessiert wären, ihn näher kennenzulernen.
Er beschloss Lou zu suchen, denn wenn er den Suchenden spielte, würde es nicht so auffallen, dass er sich nicht amüsierte und alleine war. Alle anderen schienen sehr viel Spaß zu haben und das machte Max noch nervöser, denn er wusste nicht was falsch war mit ihm, da er ja keinen Spass hatte, zwischen all diesen Leuten hier. Gut, er war allein, aber er hätte sich ja nur irgendwo anschliessen müssen, sich in ein Gespräch mit einschalten, aber das konnte und wollte er nicht.
Max ging nun also umher und wollte Lou finden. Zuerst zur Bar, da dies ein Platz war, an dem man Lou sehr oft treffen konnte. Aber er war nicht da, sah nur Gesichter mit aufgesetzten Maskeraden, dann aufs Klo, sah einen Besoffenen der am Boden lag und schnarchte und fragte sich, ob ihn keiner vermisst, oder ob er ihn wecken sollte. Aber warum sollte er nun hier den Weckdienst spielen? So entschied er sich, ihn liegen zu lassen, verließ das Klo nachdem er es benutzt hatte, Lou nicht antraf und begann, sich die Ausstellungsstücke noch einmal anzuschauen, aber weit kam nicht, da die Körper der Besucher ihm keinen freien Blick auf die Bilder gewährten. Er begann damit, bei ein paar Gesprächen mitzuhören und gab sich Mühe nicht sonderlich aufzufallen.

"Das ist das beste Gelb, dass ich in einem Bild je gesehen habe."

"Das Gelb mag gut gewählt sein, aber es ist eindeutig zu dominant"

"Nein, etwas das so gut gewählt ist, darf ruhig sehr bestimmend werden in einem Bild"

"Aber wenn das Bild dann als einzige Aussage Gelb in sich trägt, dann finde ich das ein bisschen wenig und sehr schade, dass sich der Künstler unter dem selbst gewählten Thema Metamorphosen sich nur Gelb vorstellen konnte."

"Nein, ich glaube, den Künstler hat interessiert wie sich dieses Fleckchen Blau hier unten, verwandelt zu einem roten Fleck hier oben und dies alles im Zusammenspiel mit dem gelben Hintergrund."

Das war genug, mehr konnte sich Max nicht mehr anhören, dieses pseudo-intellektuelle Geschwätz, mit dem man sich hinter der Tatsache verstecken wollte, dass einem das Bild nichts geben konnte und sie darin eigentlich auch keinen Sinn erkennen können, machte ihn wütend. Max konnten die Bilder auch nichts vermitteln, obwohl er nicht wusste warum, er hatte doch nichts dagegen auf diese Art etwas auszudrücken, aber die Bilder hatten nichts zu sagen, wie er für sich dachte, taten aber so als wäre es wichtig, was sie uns zu vermitteln versuchten. Eigentlich ein kläglicher Versuch. Sie gaben einem den Eindruck, als ob es nur der Künstler verstehen könnte, was sie uns sagen wollten und so musste natürlich dieser Künstler ein höheres Wesen sein, der etwas sieht, was den anderen verborgen blieb. Max wusste, dass es solche Künstler gab, die diese Fähigkeit besaßen, ihm eine Sache zu zeigen worin er etwas sehen konnte, dass er so noch nie bewusst wahrgenommen hatte. Aber dieser Künstler hier, mit seinen Farbexplosionen war nicht fähig, ihm auch nur irgendetwas Neues, sprich Gutes zu zeigen. Aber dies hieß noch lange nicht, dass es ein schlechter Künstler sein musste der diese Bilder malte, sie waren vielleicht auf eine andere Art von Persönlichkeit abgestimmt, eine Persönlichkeit die mehr von der Interpretation bestimmt war und dieser konnten sie dann auch etwas geben. Ein Großer war er allerdings nicht, wäre er einer gewesen, dann hätte er die Fähigkeit gehabt allen Menschen etwas zum Sehen und Finden zu geben, was sie auch verstanden hätten.

Max dachte sich das er nicht mit Lou hierher mitgehen hätte sollen, es zeigte ihm nichts Spezielles. Das einzige was ihn interessierte, war es die Menschen zu beobachten, ihre Schwächen zu erkennen, ihre Ängste die sie verbargen hinter einer Fassade der ausgelassenen Freude. Max konnte dies nicht, seine Ängste verstecken hinter einem frohen Lachen oder seine Trauer mit einem Lächeln verschleiern. Aber vielleicht waren die Menschen hier immer so und sie mussten gar nichts verbergen. Wahrscheinlich war Max der Einzige, dem es schwer fiel sich fröhlich zu geben, konnte er es doch so richtig auch nur selten sein. Das machte ihm Angst, Angst davor anders zu sein als die meisten, denn er wollte es nicht. Aber er wollte auch kein Einheitsfrass für den Tod sein, wie viele sonst. Dieses Hin und Her gerissen sein zwischen zwei Fronten beschäftigte ihn sehr und er wusste nicht wie man es ertragen konnte. Also verließ er die Räume, ohne Lou gefunden zu haben und ging nun wieder in die wahre Einsamkeit, denn nichts ist schlimmer, als seine Einsamkeit in der Masse zu erkennen. Er verließ die Ausstellung, ging zu sich nach Hause und wie er da so die Straße entlang schritt, kam ein Gefühl der Zufriedenheit in ihm auf. Früher ließ er sich runter ziehen von solchen Ereignissen an denen er nicht teilhaben konnte, aber eigentlich doch gerne dabei sein wollte. Heute hatte er sich damit abgefunden nicht einzutreten in diese Art der Unterhaltung.

Als er daheim war, sich ein Buch nahm und zu lesen begann, glaubte er zu merken wie sich seine Zufriedenheit in Glück verwandelte.

Andreas

Und er malte ein Bild. Aber was war das für ein Bild? Es war schlecht. Es hielt sich zwar an vorgeschriebene Kompositionslehren, hatte aber für sich alleine genommen nichts zu sagen. Andreas schaute sich das Bild lange an, aber er sah nichts darin was ihn an sich erinnerte. Aber die Besucher klatschten, jubelten, waren angetan dem Meister bei der Schaffung eines seiner Werke beiwohnen zu dürfen. Andreas verstand sie nicht, fragte sich wie es nur sein konnte, dass sie diese Aktion nun gelungen fanden und wollte wissen, was sie dabei dachten und ob sie Erleuchtung mitnehmen konnten. Wenn er den Reaktionen glauben schenken durfte, dann hatten sie es nicht verstanden, es hätte ihnen das Misslingen seines Werkes klar werden müssen und sie wären traurig nach Hause gegangen. Er hatte etwas zu sagen, dass wusste er und wollte es auch versuchen anderen verständlich zu machen, aber wenn er in dieses Bild schaute und nichts davon erblickte, wurde er wütend. Das Gefühl einer übermächtigen Raserei seiner Seele spürte er dann in sich und wollte am liebsten alles zerstören. Der für ihn unlogische Applaus ließ dieses Gefühl in ihm noch stärker, beinahe unkontrollierbar werden. Er war kein Genie, das wusste er, jedoch wollte er zu mindestens fähig sein, dass was er dachte und was ihn bewegte auf die Leinwand zu bringen. Was sollte er darüber denken, dass seine Bilder eigentlich doch ziemlich gefragt waren, er selber aber nichts in ihnen sah, außer die chaotische Aneinanderreihung von Farben.

Jetzt auch wieder auf dieser Ausstellung musste er verfolgen, wie die Betrachter seine Werke lobten und schätzten und irgendein Zeug hineininterpretierten, dass er sich mit Sicherheit nicht dabei gedacht hatte, als er es malte. Natürlich gab er sich Mühe, seine Werke die er schuf, auch selbst zu interpretieren, versuchte zu erkennen was sie ausdrücken wollten. Er begann seine Bilder eigentlich nur mit einem groben Gedanken der Komposition, ohne sich zu überlegen, welche Bedeutung in ihnen stecken könnte. Seine Interpretationen begann er erst als es fertig war. Andreas wollte alles möglichst unbewusst anstellen, keine Hinterfragung seiner Aktionen, einfach nur das tun um des Tun willen. Er konnte aber, wenn er sich damit gedanklich beschäftigte, einzelne wahre Gedanken erkennen, die kurz auftauchten, dann wieder verschwanden in dem Meer von Farbe. Er war nicht fähig, dass was das Werk schon in sich hatte, ihm für länger zu bewahren.

Es machte ihn fast wahnsinnig seine Bilder in Ausstellungen zu sehen und es dabei noch nicht geschafft zu haben etwas Richtiges für ihn dabei entstehen zu lassen, dass ihm auch etwas sagen konnte.

Warum hatte er eigentlich angefangen zu malen? Wahrscheinlich, weil er ein wenig Talent zum Zeichnen gehabt hatte und keine Lust sich einer schweren körperlichen Arbeit hinzugeben und so eine Möglichkeit für sich sah, sein Geld zu verdienen? Leider konnte er es nicht wissen, wie schrecklich er sich fühlte, wenn er wieder seine Unfähigkeit dafür erkennen musste, mit der er geboren war. Das Schlimmste war aber die Tatsache, dass er in sich ein paar Augenblicke des Feuers aufflammen sah, die ihm etwas zeigten und bei denen er sich gut fühlte, leider dauerte dies nie länger als einen kurzen Momente an. Da er ja nicht fähig war sie auf der Leinwand zu bannen, für länger als ein paar Sekunden, konnte er sie auch niemand anderen zeigen oder vorführen. Damit musste diese groß geplante und angesagte Aktion, für ihn, eine Niederlage werden. Wenn er es nur schaffen könnte diese Augenblicke des Glückes, welche ihn auch diesmal verfolgten, nur in die Ewigkeit ziehen zu können. Aber nein. Doch diese Sekunden, dieser millionstel Bruchteile seines Lebens, waren im Stande, ihn aus seiner Mittelmäßigkeit zu reißen und sie zeigten ihm, dass es sich doch lohnte zu malen, zu leben und in diesen Momenten sah er dasselbe wie bei der Betrachtung von großen Werken, die Menschen wie Van Gogh oder Michelangelo geschaffen hatten. War es ein Stück von göttlicher Inspiration, die er fähig war darin zu sehen, oder ging es noch weiter und es war Gott persönlich, der über diese Menschen zu uns sprach. Eigentlich glaubte er gar nicht an den allwissenden, einheitlichen Gott wie es die Kirche tat, nein, das konnte er nicht. Er sah in den Menschen mehr als nur die Marionetten eines göttlichen Lenkers. Aber wenn er die Bilder von Van Gogh oder die Skulpturen von Michelangelo betrachtete, sah er in ihnen etwas aufleuchten, was seinen Ursprung nicht hier auf dieser Erde hatte und genauso war es bei ihm. Er fühlte sich in diesen absoluten Schaffensmomente die er hatte, nicht mehr bei sich selbst, sondern ein Etwas, dass ihn nur benützte um uns ansprechen zu können, war in ihm und mit ihm. Leider aber wurden diese Momente von der Unfähigkeit seines Daseins wieder zerstört. Aber was sollte er tun, er hatte dieses Etwas gespürt, nun muss er solange weitermachen, bis er fähig war es anderen zu zeigen. Natürlich mochte es sein, dass andere Menschen nie das sehen werden, was er darin sah. Die Menschen konnten noch so viel Beifall spenden, er würde ihnen nicht glauben, dachte nur das ihr ferngelenkter Charakter sich nicht zu eigenen Meinungen emporziehen konnte. Aber er wusste, es würde ihm reichen, wenn er dieses göttliche Etwas darin erkennen konnte. Nur warum reichte es ihm nicht, dieses Etwas in Werken von Michelangelo zu sehen, warum musste er versuchen es mit seinen eigenen Händen zu schaffen und sich so einem ständigen Misslingen gegenüber stehen zu sehen?

Weil ihm das ein unbeschreibliches Glücksgefühl versprach, wenn ihn diese Momente des kurzen Erkennens in einen Taumel der Ekstase stürzten. Was würden dann seine Gefühle erst mit ihm anstellen, wenn er ein komplettes Bild, voll mit diesen Momenten, gemalt hatte?

Udo

Er merkte es, wusste es, konnte spüren wie diese Begeisterungsstürme der Menschen, hier in der Halle, ihm galten. Udo konnte sich nur nicht vorstellen, was der Grund dafür war.

Stefan

"Nette Ausstellung", sagte er, bei dem Versuch sich einer Gruppe, die vor einem Bild stand, anzunähern.

"Ja und diese Stimmung die sich um die Bilder aufbaut, phantastisch", sagte ein älterer Mann aus dieser Gruppe.

Nun musste er kontern, durfte aber nichts Falsches sagen, "Ja, es ist herrlich wie dies alles hier zusammenspielt und dabei doch nicht aufgesetzt wirkt", hatte er ihn getroffen?

"Sie haben recht, das habe ich mir auch schon gedacht. Was treibt sie eigentlich hierher?"

"Ich bin Journalist und schreibe für verschiedene Zeitungen das Feuilleton."

"Wirklich? Ist ja interessant. Was werden sie über den heutigen Abend schreiben?" Sollte er nun weiter machen in diesem Stil?

"Ich bin heute Abend privat hier, sie können von mir nichts darüber lesen, na gut vielleicht im Jahresrückblick auf die wichtigsten Ereignisse", er konnte es sich doch nicht ganz verkneifen.

Sein Gesprächspartner roch eine gute Möglichkeit, vielleicht in der Zeitung erwähnt zu werden, die ihm nicht entgehen durfte, "möchten sie etwas zu trinken, ich lade sie ein?"

"Ich weiß nicht so recht. Obwohl, na gut. Gehen wir an die Bar."

Er interessierte sich eigentlich nicht besonders für Kunst und doch war er hier. Er wusste, dieser Ort konnte ihm etwas völlig anderes geben, was ihm viel wichtiger war: das Gefühl, nicht vollkommen alleine zu sein auf dieser Welt. Er hatte dieses Gefühl sehr oft, dabei hasste er es, wenn es wieder ein Anschlag auf sein Gemüt unternahm, ihm zeigte wie nutzlos und wie alleine er in dieser Gesellschaft war. Aber hier konnte er aus sich heraus gehen, konnte fröhlich sein, konnte gelassen und locker sein. Das Beste war, er konnte den Menschen die er traf irgendwas erzählen und sie glaubten ihm alles was er erzählte, zu mindestens die meisten. Er hatte nämlich die Fähigkeit genau das zu erzählen, was die welche ihm zuhörten, gesagt bekommen wollten. Er schaffte dies mit ein paar gekonnten Fragen, achtete dabei auf die Reaktionen seines Gesprächspartners und wusste, in welche Richtung er gehen musste, um als interessant dazustehen. Er war natürlich auch kein Journalist, wollte sich nur mit einem interessanten Flair umgeben.

Hier bei der Gesellschaft von anderen, vertieft in Gespräche, konnte er die Sinnlosigkeit seines Daseins besser überspielen, manchmal vergaß er sie sogar ganz und ihn überkam ein glückliches Gefühl.

Rolf

Er war hauptsächlich wegen der Bilder hier, aber war er natürlich auch nicht abgeneigt gegen anderes, was seine Laune steigern konnte. Nur nahm dieses andere, wie so oft, überhand und er konnte sich nicht mehr einzig und allein mit den Bildern beschäftigen. Seine Gedanken wurden gefangen von einer unsagbar schöneren Schöpfung, die sich mit nichts vergleichen ließ und die real war, die anwesend war. Warum nur hatten Frauen eine so fatale Wirkung auf ihn? Eine Wirkung, die mit der Kapitulation allen Denkens, dass sich nicht um sie drehte, begann. Anschließend wurde jede Möglichkeit der Annäherung ausgeforscht, aber mit Sicherheit nicht angewandt, da er sich dafür zu schüchtern fand. Es brauchte gar nicht viel zu kommen, von der Seite einer Frau, ein Blick reichte meist schon und dies gab ihm sogleich das unbeschreibliche Gefühl sie besitzen zu wollen. Wobei "besitzen" sich für ihn anders ausdrückte, als das was das Wort im Allgemeinen zu vermitteln versuchte. Er kannte aber kein Wort, das seine Gefühle gegenüber Frauen die er "besitzen wollte", besser auszudrücken in der Lage war.

Was war es denn, dass ihn an Frauen so glücklich machte? Er wusste es nicht, wollte diese herrlichen Gefühle aber auch nicht nur entschuldigen, mit dem bloßen Verlangen seiner Fortpflanzungswünsche.

Er sah nicht, dass es dieser kurze Moment des Anfangs war, der ihn so verzauberte und in dem er so unsagbar glücklich war. Der Augenblick, wo sich ihre Blicke trafen und er damit begann sich auszumalen was sein könnte, aber dabei nie eintreten musste. Nur dieser anfängliche Augenblick hatte alles in sich, alles was sein kann, sein darf und was möglich war. Nur er schenkte diesem Moment zu wenig Bedeutung und versuchte ihn wieder auf eine Ewigkeit auszudehnen, dies gelang ihm jedoch nie.

Er sah ihn dem Zeitpunkt als sich ihre Blicke trafen, eine Beziehung in all ihren Möglichkeiten, mit all ihren Konsequenzen und war fähig sie zu durchleben. Er wusste dies nicht und sah sich deshalb nur als einen jämmerlichen Versager.

Lou

Und er ließ Max allein, denn er wusste eigentlich gar nicht, was er mit ihm anfangen hätte sollen. Er hatte ihn nur dazu gebraucht, um irgendwie hierher zu kommen, da er hoffte ein paar Leute zu treffen, die ihm etwas verkaufen konnten. Allein wollte er nicht hier sein, da es ihm unangenehm gewesen wäre als Außenseiter aufzutreten und wieder von den Leuten, die ihn sahen, in Schubladen gesteckt zu werden. Gut, die meisten steckten ihn in die richtige Schublade, aber er wollte sich und allen anderen vortäuschen, dass er nicht in sie hinein gehörte. Aber warum nur konnte er sich selber nicht eingestehen, dass er Drogen nahm und sie auch immer öfter wollte oder brauchte. Oder war dies alles nur ein Wunschdenken über eine Situation die er noch nie in dem Maße hatte spüren können.

Aber als er die Leute, denen er begegnen wollte sah, war es ihm wieder egal und andere Wünsche trieben ihn. Er ließ Max einfach stehen, ohne irgendetwas zusagen, denn er wusste, Max würde ihn nicht verstehen. So ging er zu den Leuten die er suchte und verschwand mit ihnen zuerst in einem kleinen Gang, sie wechselten ein paar Worte und gingen dann hinaus. Lou musste ein wenig vor der Galerie warten, bevor sie wiederkamen. Sie hatten das dabei, was er wollte und er spürte eine Zufriedenheit mit sich und seinem Plan, den er entwickelt hatte um heute sein Ziel zu erreichen. Ein ewiges Ziel mit Zwischenhalt im Glück.

Arne

Und er war glücklich, als er sah wie gut es ihm gelang und die Menschen klatschen hörte. So ließ er die Anstrengungen der letzten Woche noch einmal vor seinem geistigen Auge vorbeiziehen. Den Geist des Scheiterns hatte er besiegt, hatte ihm keine Chance gelassen und war nun ein Sieger der Organisation. Er wusste ja nie so genau, ob er das richtige Konzept für die Ausstellung gefunden hatte, aber es schien fast allen Leuten zu gefallen. Es war zwar keine neue Idee, Künstler auf Ausstellungen malen zu lassen, nur hier in dieser Provinzstadt, wo es stattfand, war es doch irgendwie ein kultureller Durchbruch. Der Applaus und die freudigen Gesichter der Besucher gaben ihm die Bestätigung, nach der er sich so sehnte.

Warum machte er eigentlich immer diese Aktionen bei denen er sich selbst aufarbeitete? In den meisten Köpfen war er der arbeitswütige Spinner, aber dies störte ihn nicht weiter, denn es konnte ihm etwas geben, dass so wie er dachte, keiner verstehen konnte. Es gab ihm diese unbeschreiblichen Momente der Gefühlserregung. Die Augenblicke, wo er merkte alles stimmte, war richtig so wie er es macht. Es war zu Vergleichen mit dem Bild eines Durchbruchs durch eine sperrende Wand. Er konnte damit eine Sekunde des absoluten Glückes spüren, und diese ließ alle Anstrengungen die er hatte wieder untertauchen im Meer der

Zufriedenheit. So konnte er nun für einen kurzen Augenblick zufrieden sein und war glücklich.

II. Charaktere werden gezeichnet

Rolf

Aber was er merkte, war die Tatsache, dass eine Frau von der er gestern noch absolut gefangen war, heute ihre ganze Wirkung von ihm nahm und er keine Reize mehr, ausgehend von ihr, verspürte.
Frauen haben diesen ständigen göttlichen Funken an sich, dachte Rolf zu wissen. Sie waren fähig, in ihm stärkere Gefühlsregungen zu wecken, als eine Skulptur von Michelangelo, allerdings hatte er auch noch keine gefunden, die ihm mehr als diesen kurzen Moment geben konnte und so fiel ihm die Frau, für die er gestern noch alles getan hätte, heute nicht mal mehr auf. Es war schon lange her gewesen, dass eine Frau bei ihm diese Gefühle für länger als ein paar Momente geweckt hatte, und seitdem diese Liebe in die Brüche ging, war er nicht mehr fähig, irgendeiner Frau seine Liebe für länger zu schenken. Hatte keine vertraute Beziehung mehr zu den Techniken des Verliebens, so wie es scheinbar alle anderen konnten.
Anfangs bildete Rolf sich noch ein, er bräuchte nun unbedingt eine Frau um glücklich zu sein, er übersah dabei nur die Tatsache, dass er mit sich selber nur noch nicht im Reinen war und in der Gesellschaft von Frauen nur ein Ausweg suchte, sich vor sich selbst zu verstecken. Je besser ihm die Frau gefiel, desto leichter fiel es ihm sich hinter ihr zu verkriechen, es war ja auch eindeutig bequemer sich zu verstecken, als auf die Suche nach seinen Fehlern zu gehen und seine Unzulänglichkeiten zu erkennen. Aber als ihn die Frau, welche er unendlich liebte, einmal aufmerksam machte auf die Schwächen die er nicht sehen wollte, gab es für ihn nur einen Ausweg, bei dem er wieder alles unbewusst verlor. Er betrog sie, sah die Zeichen nicht und schob es auf den Alkohol. Als sie es erfuhr verließ sie ihn. Das Ganze war ihm ja nicht einmal klar gewesen und er hatte Angst davor, dass er bei seiner nächsten Beziehung wieder solche Sachen zulassen würde.

Oder hattest du nur zu viel Zeit darüber nachzudenken?

Lou

Und er sah die Rauchwolke, wie sie sich in lustigen Formen von der Wasserpfeife davonmachte.

Dies weckte in Lou eine unaufhaltsame Lust, die berauschende Wirkung des Rauches in sich aufzunehmen. Er wusste wie glucklich er mit Hilfe des Rauches sein konnte, und wie einfach dies gelang. Ein Zug, das Glück und die Zufriedenheit brachen über ihm zusammen, wie ein Schauer aus tiefschwarzen Wolken. Als ob sie schon immer da gewesen wären, und nur auf die erlösende Wirkung eines Gewitters gewartet hätten. Danach wurde der Himmel seiner Gedanken wieder Blau und erschien in einer wunderbaren, gedanklichen Farbe.

Der Rausch war so herrlich in seiner Einfachheit und der Art wie er mit Problemen umging, dass Lou ein wunderbares Gefühl der Klarheit seiner Seele bekam, in der er doch sonst so tief gefangen war und die ja nur ein tiefes, schwarzes Loch für ihn war. Es war wie das Auftauchen an die Wasseroberfläche, mit einem Blick in die nie geglaubte, nur vermutete, Einfachheit seines Daseins. Diese Ereignisse machten ihm aber auch die Schwachheit seiner körperlichen Existenz klar. Es bereitete ihm aber keine Schmerzen, dies bei sich zu erkennen, denn er erkannte und sah diese Schwachheit ja auch in all den anderen Körpern.

Aber immer, als der Rausch vorbei war wurde er wütend, wütend auf die Gesellschaft, da sie das festgefahrene Dasein unter der Wasseroberfläche der Seele als das einzig wahre Lebensmotto ansieht, und sich nie auch nur ein Stück von ihren an Pflöcken gefesselten Charakteren entfernen konnten. Das merkwürdige war, die einzelnen waren auch noch froh gefesselt zu sein, und konnten sich gar nichts anderes mehr vorstellen, als das Aufgeben der unendlichen Möglichkeiten des Geistes, für die vor gegaukelte Sicherheit der Gesellschaft.

Ja, mit der Sicherheit lässt es sich bequemer leben.

Andreas

Und diese Farbe entsprach exakt seinem momentanen Gefühl. Andreas konnte es nicht beschreiben aber er fühlte diese Farbe, also begann er mit ihr ein neues Bild zu malen.

Er hatte noch überhaupt keine Ahnung wie es werden sollte, er wusste nur es müsse viel von dieser Farbe dabei sein. Er wollte auch gar nicht mehr wissen, als die Tatsache das nun etwas aus ihm entstehen wird. Er ließ sich treiben, gab seiner Seele uneingeschränkte Macht über seinen Körper und seine Hand vollzog die Linie des Lebens.

So wollte er eigentlich immer leben, aber die Unfähigkeit seinen Körper voll mit seinem Geist zu füllen, lies ihn verzweifeln. Er konnte es nicht verstehen, dass er irgendetwas in sich spürte, was doch einen göttlichen Ursprung hatte, er aber nicht fähig war anderen mitzuteilen, irgendwie einfach nur mitzuteilen. Er wollte immer ein Stadium in seinen Bildern erreichen, wo man sagen konnte, sie zeigen einem ein Stück Wahrheit und geben neue Blickwinkel auf etwas. Aber das er dieses, sein selbst gestecktes Ziel nicht erreichen konnte, erschlug ihn jedes Mal aufs Neue. Obwohl man sagen musste, sein selbst gewählter Endpunkt war ja auch das perfekte Bild, das Bild wo man nur grinsend oder weinend davorstehen konnte, wenn man es sah. Dieser Perfektionismus war natürlich nicht zu erreichen, es war nur einer Handvoll Malern in der Geschichte der Menschheit vergönnt, Bilder zu schaffen die in die Nähe der Perfektion gingen. Er konnte es sich aber nicht eingestehen, keiner dieser wenigen Künstler zu sein.

Oder waren nur die anderen nicht fähig, dass in seinen Bildern zu sehen was er darin sah? Einen Versuch.

Aber würde ihn das zu einem Großen machen?

Dieser Pinselstrich war falsch gewesen, er hätte ihn nicht setzten dürfen, und damit war er vorbei geschlittert an der Perfektion. Obwohl sie diesmal sogar drei Striche lang gehalten hatte, die Linie welche sein Inneres mit dem Äußeren verband. Was sollte er nun machen, wusste doch das Bild war verloren. Aber aufhören wollte er nun auch nicht, musste es erst zu Ende malen, aber die große Enttäuschung hatte schon begonnen. Eigentlich hatte sie nie aufgehört da zu sein, sie begleitete ihn bei allem was er tat, nie war irgendetwas so wie er es gern hätte. Alles was Andreas sich vornahm, ging immer den Weg, den er sich mit Sicherheit nicht erdacht, geschweige denn gewünscht hatte. Gelang es ihm die Enttäuschungen zu vertreiben, dann nur für einen kurzen Moment. Ein Atemzug in dem alles zu stimmen schien, in dem alles seine Richtigkeit hatte, wo die einmalige Berechtigung hier zu sein und von ihm erblickt zu werden, auf alles zurückfiel. Nach diesem Gefühl war er auf der Jagd, wollte es am liebsten immer spüren und wollte es natürlich auf einem Bild von ihm festhalten.

Rolf

Es würde ihn ungemein reizen, eine Frau in seinen Armen zu halten, um sie mit jeder Faser seines Körpers spüren zu können. Es musste auch nichts weiter geschehen, Rolf wollte nur jemand in seinen Armen halten und es erleben, dass eine Frau für ihn da war, ihm zuhörte, vielleicht auch noch ab und zu über seinen Kopf strich. Eine die ihm etwas erzählte, der er einfach nur lauschen und sie beobachten konnte, ohne sich dabei ertappt zu fühlen, mit der Angst etwas Schlechtes getan zu haben. Aber dies gelang ihm nicht. Er sah zwar ziemlich viele Frauen, welche diese Sehnsucht in ihm weckten, eigentlich tat es sogar fast jede, was ihn zwar beunruhigte, aber zu mehr als Gedankenspielchen konnte ihn sowieso keine bewegen.

Er hatte Angst vor der Tatsache, dass er "die Eine" die er suchte, nicht erkennen würde, wenn sie ihm begegnete. "Die Eine", er hatte dieses Wort so in seinem Kopf vergraben, als ob er noch daran glaubte es würde sie wirklich geben. So begann er wieder über diese Wörter nachzudenken und sich sein Gehirn zu zermartern.

Vielleicht sollte er sich einmal klar darüber werden was diese „Eine" für ihn überhaupt bedeuten konnte.

Ein schöner Gedanke, wenn man sich vorstellt, es könne sie wirklich irgendwo geben und würde warten auf einen. Würden sie sich dann sehen, wüssten es beide, dass sie für einander gemacht waren. Ein verdammt kitschiger Gedanke, aber irgendwie war er doch auf der Suche nach ihr. Nur was für Eigenschaften müsse sie erfüllen, um ihm zu gefallen, auf Dauer zu gefallen? Gibt es ein auf Dauer überhaupt? Er wusste es nicht, obwohl er es bei jeder Liebe, die er hatte dachte sie wäre es, was sich aber dann doch immer als falsch herausstellte. Er konnte sich dies aber auch nie so richtig eingestehen und versuchte immer die momentane Liebe, noch mehr oder weniger künstlich zu verlängern.

Lou

Er sah sein Gehirn.
Lou machte die Augen zu und wusste, es war sein Gehirn das er da sah. Nur wie sah ein typisches Gehirn aus, er wusste es nicht, aber war er sich sicher seines sah so aus wie er es gerade erblickte.
Es war ein Bauwerk von Brunellesci. Der Dom von Florenz.
Er flog in der Kuppel auf und ab, ja die Kuppel müsste seine Schädeldecke sein. Er flog durch sie hindurch, wobei er ihre Zweischaligkeit erblickte und sah nun den Dom von außen, eingebettet in die mittelalterliche Stadtlandschaft von Florenz, und doch wusste er, es war nicht der Dom den er da sah, es war sein Gehirn, und da empfand er eine unbeschreibliche Freude, dass er sein Gehirn in Form einer seiner Lieblingsbauwerke sehen konnte.
Aber er schwebte wieder zurück in den Geist seines Kopfes, denn in ihm war es schön und warm. Es war eine mütterliche, mollige Wärme und sie begoss sein Herzen mit Gefühlen, die er schon glaubte vergessen zu haben und welche ihn einen innerlichen Glücksschrei ausrufen ließen. Was ihm aber noch Merkwürdiges auffiel, war die Tatsache, dass es in dem Dom heller war als draußen, obwohl er gerade einen schönen sonnigen Tag über Florenz gesehen hatte. Da er sich in der Luft bewegen konnte, flog er noch einige Kreise in der Kuppel, leider war er nur nicht fähig irgendwelche Details zu erkennen, er sah zwar die Malereien an den Decken und Wänden, konnte aber nicht sagen was sie darstellten, sah nur Geschichten welche er in tausend Farben erzählt bekam, keine Körper war er fähig zu erblicken

und doch wusste er die Decke musste voll von ihnen sein, sah die Körper nur als Farben. Es war das Fühlen des Wissens was ihn hier sein Flug spüren ließ.

Doch was war das Wissen? Was hieß es zu wissen. Welche Sachen wollte er wissen und welches Wissen hatte das Recht in seinem Gehirn Platz zu nehmen?

Er wusste nicht was er davon halten sollte, blickte auf und sah in den Kreis seiner Freunde, die alle einen selig lächelnden Blick auf ihrem Gesicht hatten.

Max

Er war traurig als er aufwachte. Eigentlich war Max immer traurig, wenn er aufwachte. Das schlimmste war, Max wusste nicht warum diese traurigen Gefühle in ihm, ein so intensiv bestimmender Teil seines Lebens waren. Sie waren einfach da, er musste sie akzeptieren und lernen mit ihnen richtig um zu gehen. Er fragte sich, was er wohl tun würde, wenn er an einem Morgen einmal glücklich aufwachen würde? Aber er konnte es sich zum Glück nicht vorstellen, dass dies geschehen könnte.

Er frühstückte, wurde dabei begleitet von seiner Traurigkeit, bis sie begann, sich nach der zweiten Tasse Kaffee langsam zu verabschieden, um der Sorge vor dem anstehenden Tag und wie er wohl werden würde, Platz zu machen. Die Sorge, ob er diesen Tag in irgendeiner Form verspielen würde, ohne es zu merken, war dabei die Größte. Aber auch die Sorge ob irgendwelche Aufgaben auf ihn zukamen die er nicht bewältigen konnte. Vielleicht müsste er heute erfahren, dass er sein ganzes Leben auf einer Lüge aufgebaut hatte, ohne es wirklich gewusst zu haben. Und dies würde ihn dann vor die Frage stellen, ob er die Kraft aufbringen konnte und wollte diese Lüge zu verlassen.

Konsequentes Handeln.

Oder ob er dazu nicht fähig wäre und müsste dann dieses Leben beenden, damit anders, aber genauso konsequent sein. Jedoch die Angst davor, in dieser Situation dann doch zu verharren und sich nicht zu ändern, war ihm genauso gegenwärtig und irgendwie noch verhasster. Er kannte ja die Aktionen mit den Umständen, die man sich passend redete, nur damit man sich nicht ändern brauchte.

Er hatte eigentlich am meisten Angst, ihm könne es passieren, dass er in irgendeiner von tiefem Frust bekräftigten Situation, nicht mehr Herr seiner selbst war und sich plötzlich vor dem mehr oder weniger selbst gewählten Ende seines Lebens sah. Die letzte Konsequenz. Er wusste es gab Situationen, da konnte er nicht Herr seines Körpers sein, da trieb es ihn einfach zu Sachen, die wenn er sie mit klarem Kopf bedacht hätte, nie auch nur in die Nähe einer Erwägung, von ihm, gekommen wären.

Obwohl ihm eigentlich noch nie etwas Schlechtes aus diesen Situationen geschah, wenn man sie hinterher nur aus der richtigen Stellung bereit war zu betrachten. Aber er war noch nicht fähig, sich auch aus scheinbar schlechten Dingen zu sagen, ja es musste sein und es war gut für mich, denn wenn es anders gekommen wäre, dann könnte ich nicht der sein, der ich jetzt bin.

Denn er liebte sich noch nicht genug, um dies wirklich zu sagen.

Gestern schlief er fast glücklich ein, zufrieden mit dem Ende eines Tages, der ja an und für sich nicht so gut gelaufen war, wie er dachte.
Warum dachte Max nur immer so negativ und selbstzerstörerisch?
Warum nahm er sich nicht die Kraft sein Leben zu verändern und legte die Brille der Einsamkeit, durch die er die Welt sah, ab. Aber konnte es sein, er war eigentlich nicht zufrieden mit seiner selbst gewählten Einsamkeit? Hatte aber die Kraft nicht, die nötig gewesen wäre für eine Änderung. Konnte es für ihn doch noch etwas Schöneres geben, als mit seinen Gedanken, in dem Moment wo er wieder ein Stück Erkenntnis über das Leben für sich selber entdeckt hatte, allein zu sein?

Warum musste er es sich einreden, konnte nicht einfach den ersten Schritt, in eine neue Richtung gehen?

Oder war es die Angst, dass, wenn er irgendjemand diese Gedanken zu erklären versuchte, sie sich als völliger Trugschluss herausstellen könnten und nur Gelächter hervorrufen würden?

Es war die Unsicherheit über sein Leben.

Stefan

Er liebte es in der Masse seiner arbeitenden Kollegen zu sein. Stefan wollte sich nirgendwo anders befinden, er wollte eigentlich immer in irgendwelchen Massen sein. Es war mehr als das Jetzt was ihn an diesem Moment so sehr begeisterte und gefangen hielt, aber was es genau war, konnte er nicht sagen. Er wusste nur, er könne nun zu jedem seiner Kollegen gehen und sich freundlich mit ihm unterhalten, und sie würden sich auch freuen darüber, denn er war beliebt in seinem Kreis der Arbeit. Aber er wollte es natürlich nicht tun, denn ihn würde gar nichts einfallen, was er mit ihnen hätte reden sollen, im Moment. Aber das, was ihn zufriedenstellte, war die Gewissheit, dass er die Möglichkeit dazu gehabt hätte. Obwohl es ihn schon manchmal dazu veranlasste darüber nachzudenken, warum man ihn so gerne mochte. War es sein weißes Hemd oder war es seine Art auf Fragen immer das zu sagen, was er vermutete, dass gerne gehört wurde. Er wusste es nicht. Doch war er zufrieden in diesen Situationen.

Andreas

Das Licht, welches er sah, hielt ihn gefangen und er wusste, es war etwas Göttliches in ihm. Aber es würde ihm nicht gelingen diesen Moment auf einem Stück Leinwand zu bannen, oder es sonst irgendwie schaffen dieses Gefühl seinen Mitmenschen näher zu bringen, vielleicht sogar auch fühlen zu lassen. Er wusste, dass es sein Gefühl war, an dem niemand Anteil hatte, niemand es ähnlich wie er spüren konnte. Doch war es ja so großartig, dass er dieses Gefühl gerne irgendwie weitervermittelt hätte.

Ich glaube da bist du ein wenig zu naiv.

Aber vielleicht war es ja vermessen zu glauben, nur er hätte diese Fähigkeit etwas Schönes zu erkennen. Nein diese Fähigkeit hatte er bestimmt nicht alleine, obwohl er es von sich dachte und glaubte, nur er alleine könne so richtig wahre Schönheit erkennen.
Was er beobachten konnte war, dass man zwar sagte die Momente wären schön, aber niemand sah etwas Göttliches in ihnen, keiner zu mindestens bemerkte das diese doch etwas Perfektes in sich hatten, wirklich perfektes.

Aber da sie ja nur für den Moment existierten, dadurch nur für ihn sichtbar wurden, konnte er es niemanden vermitteln.

Er wusste nicht wie er auf diese Tatsache reagieren sollte, solle er nun glauben er wäre etwas Besonderes? Aber dieser Gedanke erschien ihm so unglaubwürdig, dass er sich so verdammt merkwürdig dabei vorkam, immer wenn er ihn dachte.

Er konnte es sich selber noch nicht eingestehen das andere ebenfalls so dachten, weil er seiner selbst noch nicht sicher war.

Arne

Er wusste, Arne müsse etwas zu erledigen haben, da er sich sonst nicht ausgelastet vorkam und sich somit kein Recht zu leben geben würde. Kein Recht zu haben, dass hieß in seinen Augen, dass er keines besaß, wenn er die Zeit mit Warten oder einfach nur mit nichts tun verlor. Er wollte dieses Gefühl des zittrigen Schauderns spüren, wenn er wieder versuchte eine neue Idee auszuarbeiten und so in ihr aufgehen konnte. Wollte auf dieser Welt am liebsten ein Denkmal von ihm hinterlassen und seinen Namen in Schulbüchern lesen können. Allerdings, wenn er etwas anfing und versuchte sein Bestes dabei zu erreichen, dann war es an anderen gemessen, höchstens Durchschnitt. Obwohl ihn der Beginn immer zu scheinbar unerreichten Höhen emporsteigen ließ. Dies war etwas, dass er nur schwer verkraften konnte, was an seinen seelischen Eingeweiden nagte und ihn zu verschlingen schien. Da war er ständig auf der Suche nach den Dingen, die er wirklich gut schaffen konnte. Arne wollte etwas finden, was er perfekt zu Ende bringen konnte, egal wie lange es dauert, nur Perfekt musste es sein. Deshalb probierte er an so vielen Sachen herum. Wollte herausfinden ob er sich dabei gut anstellte, oder ob er es wieder lassen sollte. Er ließ sich keine Zeit etwas richtig zu erlernen, sondern wartete auf die geniale Perfektion, die in ihm drinnen war. Er spürte dies, wusste jedoch nicht, als was es in ihm wartete, und so kam sein nie an zu haltender Charakter zustande.

Es war das teure Geschenk des Lebens, dass er nur spüren konnte, wenn es um ihn herum rauchte.

Udo

Und ihn machte es verrückt, als er den Leuten ins Gesicht sah und dabei nicht wusste, was sie über ihn dachten.
Udo brauchte immer eine Bestätigung, die ihm Recht gab bei dem was er tat und zeigte, andere würden es genauso machen. Aber warum nur, er wusste auf der einen Seite war es doch völlig egal was andere über ihn dachten, auf der anderen war es ihm aber doch irgendwie merkwürdig wichtig. Man sollte natürlich auch nur positiv über ihn denken, keinen negativen Gedanken mit ihm verbinden. Hatte er Angst man könnte sein wahres Wesen erkennen und sich dann von ihm abwenden?

War denn sein wahres Wesen so negativ?

Hatte er irgendetwas an sich, dass dies rechtfertigte? Konnte es überhaupt Menschen geben, die es mit ihm aushalten würden. Nein diese Menschen konnte es nicht geben.

Was spürt er da in sich? Mehr als nur sich selber?

Ja so sah er sich, und er wollte sein Selbst, über das er ja so abfällig dachte, keinem anderen Menschen aufzwingen, denn dies würde derjenige ja sowieso nicht aushalten, so dachte er. Aber eigentlich konnte er sich ja emporheben zu göttlichen Vergleichen, er brauchte dazu nur eine Bestätigung. Eine Bestätigung von einem anderen Menschen, einem Menschen der ihm wichtig war oder den er zu mindestens ernst nahm. Nein, es war eigentlich egal von wem diese Bestätigung kam, sie hätte auch von dem größten Zweifler kommen können. Ein Zeugnis für seine guten Leistungen nahm er aus jedem Mund, dankend an. Denn danach lechzte er, Anerkennung für seine Taten und am beste sollten diese dann verglichen werden mit einem weltmeisterlichen Niveau.

Paul

Und das Blut spritzte aus seinem Mund, was ihm aber keine großen Schmerzen zu bereiten schien. War er es gewesen der angefangen hatte, oder sein Gegner? Wer hat den ersten Schlag gesetzt. Wer hat das entscheidende, falsche Wort gesagt? Wer war nicht fähig sich zurückzuhalten, warum hat keiner versucht den Streit mit Worten zu schlichten?

Paul schossen diese Fragen durch seinen Kopf, während er zuschlug, aber die Antworten dazu zeigten sich ihm nicht, er nahm die Fragen auch gar nicht richtig wahr, er war viel zu sehr mit seinem Gegner beschäftigt. Der bei ihm auf den einen Knopf gedrückt hatte, welcher alles was sich nicht um diese Sache drehte, zu vernichten schien. Er konnte auch nicht mehr klar denken, bei etwas das sich nicht um diese Angelegenheit drehte, sah sich diesem Streit voll ausgeliefert. Er wollte nur noch seine Worte und Gedanken zu diesem Streit mit Schlägen durchsetzten und verstärken. Sie mit Prügel und Gewalt verdeutlichen, es seinem Gegner klar machen und einverleiben.

Er musste zwar ziemlich viele Schläge einstecken und war teilweise dem Verlieren näher als dem Gewinnen, konnte sich aber dann doch noch durchsetzen. Sein Gegner lag blutüberströmt, zuckend vor ihm am Boden. Dieser Anblick verbunden mit der Tatsache, dass er es war der ihn so zugerichtet hatte, gab ihm eine unbeschreibliche Zufriedenheit. Ja er konnte sich doch durchsetzen, hatte die Fähigkeit seine Meinung jedem aufzuzwingen, dass gab ihm ein Gefühl der Unbesiegbarkeit. Dieses Gefühl tat ihm verdammt gut. Deswegen würde er sich auch mit jedem anderen Prügeln, der ihn provozierte, nur um diesen Moment jedes Mal voll auskosten zu können und sich eine Bestätigung daraus zu ziehen.

Das Geschaffene betrachten. Zu merken man selbst hatte etwas erschaffen, was auch eine Form besaß die jeder greifen konnte

Max

Und er war auf der Suche nach den göttlichen Dingen, denn Max glaubte sie erkennen zu können, wenn er sie sah. Max wollte einen Ort finden, wo sie ständig anwesend waren, sich dort zur Ruhe lassen und den Rest seines Lebens mit ihnen verbringen.

Aber kaum glaubte er es wieder zu sehen, dachte hier wäre der Ort wo er leben sollte, war es wieder weg, verschwunden in dem Nebel seines Gehirns. Schien es doch tastbar geworden zu sein, aber nun wieder so weit weg wie nie zuvor. Dabei war es diesmal scheinbar so nah, wie Max sich einbildete, so wirklich greifbar. Was sollte er nun daraus lernen? War das Göttliche nicht greifbar, gab es das Göttliche vielleicht gar nicht? Verstand er etwas Falsches darunter? Aber dies musste doch das Göttliche sein, so wie es sich ihm zeigte. Es zeigte sich ihm in seiner unbeschreiblichen Herrlichkeit, doch leider für nicht besonders lange, denn erst der Moment machte dies zu etwas wirklich Göttlichem.

Ja die Momente, die Augenblicke, der Wimpernschlag, das war ein Geheimnis für ihn. Diese Zeiträume hatten das was er suchte und die Frage tat sich auf: Wie konnte man nun den Moment in seinem Leben, zu einem ständig greifbaren Zustand machen?

Jeder kennt sie, diese Gefühle des endlosen Lebens, dieses scheinbar ewige erstrahlen des Blütenmeeres, das Betrunken sein mit den Gefühlen des Glückes.
Doch kann diese Suche, nach konstant anhaltenden Glücksmomenten, mit Erfolg gekrönt sein?

Paul

Und er nahm das Messer, konnte sich aber gerade noch davor zurückhalten seinen Gegner nieder zu stechen. Paul wusste nicht, warum er diesen Menschen erstechen wollte, sein Gegenüber hatte ihm doch nichts getan. Doch irgendwie kam sein Inneres nicht klar mit diesem fremden Menschen. Einen anderen Grund konnte er sich nicht erklären. Er dachte, dass er sein Inneres kennen würde und nun kam irgendetwas nicht klar mit diesem Menschen.

Vielleicht kannte er nur einen Teil seines Inneren und es gab noch tausend andere Charaktere in ihm. So kannte er diesen noch am wenigsten und war jedes Mal aufs Neue überrascht als er kam.

Seine Hand zuckte zwar gefährlich, doch gelang es ihm dann wieder die Macht über seinen Körper zu erlangen.

Die Macht über seinen Körper oder die Macht über den unbekannten Teil deiner Persönlichkeit. Wer ist wer?

Ihn machte es wütend, dass sein Körper sich so von seinem Geist abtrennen konnte, in der negativsten Form die er nur kannte. Er hasste es Menschen weh zu tun, aber er konnte nichts gegen diesen Zwang tun. Was dachte er denn nun schon wieder? Er konnte nichts gegen diesen Zwang tun. Was sollte das nun wieder heißen? Er hatte ihn zwar oft schon gespürt, doch bis zum konsequenten Ende dieses Gefühls war er eh noch nie gegangen. Der Zwang verließ ihn, immer, als er sich diesem Punkt näherte. Da, wo ihn nur noch ein Atom davor trennte loszulegen, war er dann aber doch wieder durch unendliche Weiten davon entfernt. Zum Glück für ihn.

Er kam nicht mit sich, und somit natürlich auch nicht mit anderen zurecht. Denn er kannte sich noch überhaupt nicht. Aber war dafür schon ein Stück vorangekommen und spürte zum ersten Mal die Vielzahl der Persönlichkeiten in ihm

Arne

Und da erblickte er sein Tagwerk, sah wie er dies alles heute geschaffen hatte und klopfte sich gedanklich auf die Schultern. Arne fragte sich jedes Mal, am Beginn eines Arbeitstages, wie er ihn durchstehen soll, ob er ihn schaffen würde, oder ob der Tag ihn doch noch auffressen würde? Sah jedes Mal neue, nicht zu bewältigende Aufgaben vor ihm stehen, wusste gleichzeitig auch immer, dass er die Erwartungshaltungen, welche an ihn gestellt wurden, nicht erfüllen konnte. Auf jeden Fall nicht so erfüllen würde, wie er es gerne gemacht hätte, oder wie er es sie sich vorstellte. Es gab da die Schere zwischen seinen Gedanken und der Realität, die niemals übereinkommen wollte, die nur in diesen kurzen Momenten des Glückes und der Zufriedenheit sich zum Schnitt trafen. Und diese Schere schnitt, als er seine geleistete Arbeit anschaute. Er konnte sie ohne Probleme erkennen, denn sie äußerte sich in der Unordnung auf seinem Schreibtisch und in den Stößen Papier auf seiner Ablage. Konnte es etwas geben das göttlicher war für Arne, als das was er nun gerade in sich spürte? Es war das Gefangen sein in seinem Glück. In einem Glück, dass irgendwie vollendet schien und nach dem Ende schrie. Denn auch Arne wollte sein Leben, am liebsten, bei einer dieser Glücksempfindungen beenden. Aber da kam ein Kollege und der Moment verschwand wieder in den Weiten seiner Vergangenheit.

Stefan

Und da ging er auf die Suche. Auf die Suche nach einer Beschäftigung für diesen Abend, der da kommen würde. Er hatte zwar noch eine halbe Woche Zeit sie zu finden, wollte aber so früh wie nur möglich vor vollendeten Tatsachen stehen, um sich vorbereiten zu können. Nur gestaltete sich die Suche manchmal wie ein frisch gespickter Hindernislauf, da musste er über eine Schwierigkeitshürde nach der anderen springen. An anderen Tagen aber da flutschte alles, wie von selber und er brauchte sich um nichts zu bemühen, denn es kam wie von alleine. Er musste sich nur treiben lassen, die Aktionen kommen und geschehen lassen.
Erste Absage...
Na gut es war nicht so schlimm und er war noch immer gut gelaunt.
Zweite Absage...
Das sich treiben lassen hatte er aufgegeben, nun musste er kämpfen, musste sich bemühen diesen Abend nicht alleine verbringen zu müssen. Wollte und konnte nicht den Abend vor dem Fernseher verbringen. Denn es sollte mehr Aktivität in seinem Leben sein, als bloß dieses zweidimensionale Bild, über die vor gekaugelten Realitäten, verfolgen zu müssen. Und diese Aktion, sprich Leben, wollte er an jenem Abend spüren und verfolgen. Das Leben schien ihn so richtig erst dann zu ergreifen, wenn er total angespannt war und der Akt des Handelns all seine Tätigkeiten ergriff.
Dritte Absage...
Nun machte er sich Sorgen, was würde passieren, wenn er keinen finden sollte? Es waren seine besten Kumpels, die er immer zuerst anrief, dann kamen die Guten, die Nicht-So-Guten, und wenn alle Stricke zu reißen schienen, wurden sogar die Schlechten befragt. Also brauchte er sich eigentlich keine Sorgen zu machen, dass er mal alleine dastehen müsste. Nur das er nicht so viel Spaß haben würde, war die einzige Angst die er dabei hatte, wenn es zu den schlechten Kumpels ging. Aber Spaß war ihm nicht so wichtig, die Tatsache nicht alleine sein zu müssen, reichte ihm aus um in sich glücklich zu sein.

Musst du dich vor irgendwas verstecken?

Letzte Absage...
Jetzt war es genug. Zu viele Anrufe ohne Ergebnis. Es reichte ihm, stopp der Mühe. Er fühlte sich nun, als würden tausend Stockwerke über seinen Kopf zusammenbrechen und ihm seine klaren Denkstrukturen verschütten. Immer traten die gleichen Muster auf, in seinem Leben. Zuerst die Freude über den möglichen freien Abend, dann das imaginäre planen, von den Sachen die man machen wollte. Als nächstes die Freude über das Erdachte und das Zusammenschnüren seiner Gedanken mit den Stricken des Konzepts einer Abendgestaltung. Als letztes der Eintritt, des Geplanten oder der Reinfall und da befand er sich gerade, an den Füßen des Reinfalls. Es war ihm, als hätte irgendjemand etwas gegen seinen tollen Plan gehabt und ihm keine Chance auf Durchführung, gelassen.

Es scheint so, als ob, je mehr Gedanken du dir machst, je genauer du es planst, je mehr du deinen Kopf benützt, desto wahrscheinlicher ist das endgültige Misslingen. Handle instinktiv, es wird von selberkommen.

Max

Und da wusste er es, in diesem Moment gab es keinen anderen Menschen, als Max auf dieser Welt.
Keine mit denen er sich abgeben hätte müssen, keinen dem er etwas vorspielen müsste und vor sich selber war er ehrlich genug und hätte mit Schauspielerei eh keine Chance gehabt.

Nur was nennst du Schauspielerei?

Max wusste, dass er mit all den anderen Menschen nichts anfangen hätte können. Er sah auch keine Möglichkeit, sie länger auszuhalten, als die Zeit die unbedingt dazu notwendig war. Er wusste es gab an seiner Einsamkeit nichts zu zweifeln, sie stand da vor ihm, unverrückbar, unüberwindbar, wie eine Mauer.
Da wusste er es, in diesem Moment gab es keinen anderen Menschen, als Max auf dieser Welt und er war sich so sicher dabei, konnte nur sich in seiner Einsamkeit spüren, kein Reden, kein Tasten, kein Unzufrieden sein, kein nicht akzeptiert sein, kein sehen, kein fühlen, kein riechen, er war einfach nur allein in dieser Unendlichkeit, seiner Unendlichkeit.

Guter Moment zum Sterben?

Es war zur Mittagszeit als er aus dem Wald kam. Weit und breit keine Menschenseele, was ihn zwar überraschte, aber doch höchst angenehm war. Es war für ihn das ein und alles, sich losgelöst fühlen von all der zwischenmenschlichen Last. Einfach nur eins sein mit sich, dem Waldrand, der Natur, der Welt, dem Universum, ohne auch nur die geringste menschliche Störung von außen verspüren zu müssen.
Er hatte schon zu viel Zeit mit sich alleine verbracht, konnte keinen Weg mehr heraus finden und wollte es auch gar nicht. Wollte glücklich sein in den Momenten der Einsamkeit, wollte dadurch in sich eine Einheit spüren.

Nur ist, wenn man es verpasst, der Zwiespalt umso grösser und schmerzender.

Stefan

Er brauchte einfach Menschen um sich herum, denn Stefan konnte mit sich alleine noch nicht so richtig umgehen, wie er mit anderen Menschen umgehen konnte. Es war ihm unangenehm, sich vor seiner selbst ausgeliefert zu sehen und darum wollte er nun so schnell wie es nur ging wieder nach Hause kommen, etwas ausmachen, weggehen und glücklich sein dabei. Für das allein sein war er bestimmt nicht geschaffen worden, es bäumte sich dabei alles auf in dem inneren seines Körpers und er musste sich so schnell wie nur irgend möglich eine Beschäftigung mit anderen suchen. Er war geübt darin, hatte es doch schon zu oft erlebt, dass ihn alle sitzen ließen.

War es mal wieder so weit, begann er zuerst sich den Abend alleine zu vertreiben, ging in die erste Kneipe und traf doch wieder Leute mit denen es sich gut auskommen ließ. Da war Stefan immer ein wenig überrascht, wie schnell es von statten ging weil er ja der festen Überzeugung war, es würde eine einsame Nacht werden. Aber dann traf er meist noch ein paar, mit denen Stefan sich besser die Zeit vertreiben konnte und zog mit ihnen durch die Nacht der Stadt. Dies schien wie von selbst zu geschehen, denn ein glückliches Lämpchen beleuchtete sein Weg.

III. Die Geschäftsreise

III. a

Per

Die Firma, in der er arbeitete, hatte vor eine Geschäftsreise zu unternehmen, bei der er mitfahren durfte, sollte, musste. Eigentlich hatte er auf Geschäftsreisen keine große Lust, aber er wollte seine berufliche Situation ausbauen, vielleicht ein paar Stufen nach oben steigen auf der Karriereleiter und so nahm er das Angebot mitzufahren gerne an. Es waren einige Abendessen erforderlich, um alles in einen Plan zu bekommen, so dass ihre Reise zu mindestens auf dem Papier gut aussah und scheinbar auch klappen musste.

Per arbeitete schon seit längeren in dieser Firma für Computerzubehör, aber dies war die erste Verpflichtung, die er außerhalb seiner gewöhnlichen Arbeitszeiten eingehen musste. Die Reise sollte sie ins Ausland führen, nicht besonders weit weg, aber über die Grenze in ein anderes Land.

Per, der ja noch nie bei so einer Reise mitfahren konnte, war gespannt darauf, wie es werden würde, als sie sich am Bahnhof trafen. Würde es ihm gefallen, oder wollte er gleich wieder nach Hause? Wird es mit Erfolg gekrönt sein, oder konnte er sich vor Missgeschicken kaum noch retten?

Das Zugabteil, in das sie gingen, war für sechs Leute gedacht und sie drei konnten es sich richtig bequem machen. Das gefiel Per, denn er hatte noch nie in einem Zug mehr Platz gehabt, als den Minimalen der ihm zustand. Der Zug war gut gefüllt und viele Leute bekam keinen Sitzplatz mehr, mussten im Gang stehen oder auf irgrendwelchen Klappstühlen sitzen. Das war Per unangenehm, Leute stehen zu sehen, obwohl sie eigentlich in ihrem Abteil noch Platz gehabt hätten. Er war froh als sein Gruppenleiter die Vorhänge schloss und das unschöne Bild der Menschenkörper draußen ließ.

„Nun zu unserem Unternehmen. Wie sie wissen, dauert es schon Jahre an, dass wir....."

Da konnte er dem Gruppenleiter, der bestimmt wieder etwas Wichtiges zu sagen hatte, einfach nicht zuhören. Er musste auf die Beine seiner Kollegin schauen. Ja er konnte sich nur schwer das Starren unterdrücken. Sie war ja auch wirklich hübsch und hatte zurzeit keine feste Partnerschaft, wie Per aus sicherer Quelle wusste. Aber war es nicht ärgerlich, dass er sich bei solchen Gedanken wieder ertappte, denn eigentlich wollte er es sein lassen, in Frauen nur die nächste mögliche Beziehung für ihn zu sehen.

Warum nicht, was können sie mehr sein für dich? Freunde?

Gut er konnte nicht viel dagegen unternehmen, ihm kam es meistens so vor, als wäre es gar nicht er selbst, der sich diese Gedanken machte, als spräche irgendjemand anderes in ihm sie aus.

„und nun wissen wir, dass unser Unternehmen in der Internationalen Computerbranche gut angesehen ist. Oder was meinen sie dazu, Herr Selbstdritt?", fragte ihn der Gruppenleiter, scheinbar bedacht darauf ihn aus seinen Gedanken zu holen.

„Ja, wenn man die Veröffentlichungen in den neuesten Computermagazinen verfolgt, kann ich ihnen da nur Recht geben und wenn man unsere Produktpalette mit den von anderen Firmen vergleicht, können wir mit Stolz sagen: Wir sind aus gutem Recht die Marktführer in dieser Branche. Obwohl man durchaus noch an unserem Image feilen könnte, wie ich meine". Der Gruppenleiter hatte es nicht erwartet, dass Per ihm so überzeugend antworteten konnte.

War er es?

Per aber wusste nun eigentlich auch nicht woher es kam, was er da sagte. Aber es schien doch irgendwie einen Sinn zu machen und in das restliche Gespräch wunderbar hinein zu passen. Dies würde er wohl seinen Fähigkeiten in dieser Branche verdanken, dachte er sich.

Oder hatte jemand anders in dir aufgepasst?

Irgendwie schienen sich die Blicke von Per an seiner Kollegin, deren Namen er nicht mehr wusste, was ihm zwar irgendwie peinlich war, doch weiter nicht störte, zu verfangen. Nein, er wollte sich ganz auf seine Geschäftsreise konzentrieren und sich von nichts ablenken lassen. Also unterhielt er sich noch angestrengt mit seinem Chef über diese Reise und versuchte dann zu schlafen. Na ja, auf alle Fälle ließ er seine Augen zu, um sich nicht mehr dem Bann seiner Kollegin ausgeliefert zu sehen. Er hatte einfach genug von sich und seinem Zwang Frauen besitzen zu wollen. Er hatte es aufgegeben, jemals eine zu finden die zu ihm passen würde, dachte auch damit zufrieden sein zu können. Aber die Gefühle, Frauen gegenüber, hatten sich natürlich nicht verändert, nur er wollte sie nicht mehr wahrnehmen, war sogar auf dem besten Wege sie zu verdrängen. Er malte sich zwar immer noch, wenn er Frauen ansah, aus was er sich mit ihnen vorstellte, aber glaubte schon lange nicht mehr daran, dass dies in irgendeiner gewünschten Form, Gestalt annehmen könnte. Er nahm seine Gedanken einfach hin, als evolutionär bedingte Triebfeder seiner Fortpflanzung, die er ja eigentlich schon eingestellt hatte, so wie er dachte.

„Aufwachen wir sind da, aufwachen. Jetzt wachen sie doch endlich auf, wir sind am Ziel unserer Reise."

Als Per aufwachte und seinen Kopf zu der Stimme drehte, sah er seine Kollegin, die scheinbar genervt versuchte ihn zu wecken.

„Ja......Ja, ich komm ja schon", sagte er vom Schlaf noch geritten.

Es war dunkel geworden, als sie aus dem Zug stiegen und Per konnte sich irgendwie nicht so recht orientieren. Er sah nur seinen Chef, der schon am Ausgang stand und sichtlich genervt war, seine Kollegin die neben ihm ging, ihn dabei mitleidig ansah und tausend andere Leute, die untergingen in dem Rhythmus der Masse.

„Da sind sie ja endlich. Der Schlaf hat sie wohl gut in seinen Fängen gehabt?"

„Warum", wollte Per wissen.

„Sie waren nicht wach zu kriegen, wollen wir froh sein, dass es ihre Kollegin geschafft hat sie zu wecken", sagte sein Chef, nun doch schon wieder leise lächelnd.

„Wenn ich einmal schlafe, dann so fest, dass es schwer ist mich zu wecken", sagte er zu seiner Kollegin.

„Ach nein, was sie nicht sagen. Das hätte ich ja nie gedacht", sagte sie mit einem unüberhörbar ironischen Unterton in ihrer Stimme.

„Das tut mir leid, war es denn wirklich so schwer mich zu wecken?", wollte Per wissen.

„Tja leicht war es nicht. Aber es war irgendwie auch süß sie so schlafen zu sehen, eingetaucht in eine andere Welt."

Was meinte sie jetzt mit „es war süß" und welche andere Welt? Er war so durcheinander, dass er diesen Worten keine weitere Bedeutung zukommen ließ, wie er es normal getan hätte.

Langsam kamen sie in die Gegend, wo ihre Unterkunft sein sollte und Per begann sich, auf sein eigenes Bett zu freuen.

„Wollen wir dann noch etwas trinken gehen", wollte der Gruppenleiter wissen.

„Ja, gerne", sagte seine Kollegin.

Wieso meinte sie er wäre süß gewesen, kam ihm jetzt in seinen Sinn. Sollte dieser Ausspruch von ihr eine tiefere Bedeutung haben und sie wollte am Ende gar etwas von ihm?

Per hatte eigentlich keine Lust noch etwas trinken zu gehen, aber rang sich dann doch dazu durch, denn diese Reise war doch in erster Linie für sein berufliches Weiterkommen gedacht und da wollte er sich doch Mühe geben.

„Ja, wohin gehen wir? Kennt sich einer hier aus?", fragte er.

„Wir fahren jedes Jahr hierher und ich kenne ein paar nette Lokale", sagte ihr Chef. Das hätte Per ja wirklich bedenken können, da dieser Ort schon seit Jahren als Weiterbildungsstätte für seine Firma diente. Nun, dieser Kommentar wirft bestimmt kein gutes Licht auf ihn, und das machte ihn ärgerlich.

Aber warum ärgerte ihn das nun? Wollte er angeschaut werden als ob er sich hier besonders gut auskennen würde, ob er sich speziell informiert hätte und somit als sehr fleißig erscheinen? Wollte er dem vermuteten Ideal des Chefs versuchen nahezukommen?

Sie betraten das Hotel, ein nicht besonders schönes, aber auch nicht übermäßig herunter gekommenes Gasthaus.

Die Frau an der Rezeption begrüßte sie freundlich in ihrer eigenen Sprache. Als sie die Gruppe sah, freute sie sich sichtlich, oder gut vorgetäuscht, über das Erscheinen.

„Guten Tag Madame. Können sie uns unsere gebuchten Zimmer geben, bitte", sagte der Gruppenleiter, gebrochen in ihrer Sprache. Per verstand es, da er auch einmal in der Schule diese Sprache lernen sollte. Er konnte sich zwar nicht einmal mehr gebrochen verständigen, aber verstehen konnte er doch noch einiges.

„Ich habe drei Einzelzimmer für sie bereitgemacht", sagte die Frau," hier sind die Schlüssel", jetzt in einer Sprache die alle verstanden.

„Ich danke ihnen. Können wir die Bezahlung machen wie immer?"

„Ja natürlich. Ihre Firma wird das Geld überweisen.", sagte die Frau und gab jedem seinen Schlüssel.

„Die Treppe hinauf und dann links. Die Zimmer liegen nebeneinander."

Die Gruppe wandte sich zueinander und beschloss hinauf zu gehen, erst einmal die Sachen auszupacken und sich danach noch einmal zu treffen.

Rolf ging als Letzter die Treppe hinauf und konnte sich an der Rückseite, des Körpers seiner Kollegin erfreuen, und sich dabei auch sämtliche Gedanken machen, die sich mit diesen Körperteilen verbinden ließen.

„Wir könnten uns in einer halben Stunde unten treffen, um die Lage zu besprechen", sagte der Gruppenleiter und ging in das erste Zimmer. Per hatte das Letze und seine Kollegin das Zweite, auf diesem Gang, was ihm irgendwie doch von Bedeutung, zu sein schien.

Per war schnell fertig damit, dass Zimmer zu begutachten und seine Kleider auszupacken. Es war nicht besonders groß, geschweige denn gemütlich, aber das war ihm im Moment sowieso egal, er wollte nur einen guten Job hier erledigen, um dann wieder befriedigt nach Hause fahren zu können, mit der Gewissheit vorangekomen zu sein.

Per ging als Erster nach unten, und sah an der Rezeption immer noch die Frau stehen, welche die Reisegruppe vor ein paar Minuten so nett begrüßt hatte. Auch sie gefiel ihm, aber er konnte sich nicht überwinden ein Gespräch zu beginnen. Gut, er sah die Frau lange an und er war glücklich als sie ihn anlächelte, denn damit hatte er auch schon das erreicht, was er eigentlich wollte und konnte zufrieden mit einem Lächeln in das Speisezimmer gehen.

Ein Lächeln reichte ihm, in dieser Situation.

Er war der Einzige im Raum, als er ihn betrat, schaute sich um, nahm eine Zeitung von dem Stoß auf einem kleinen Tisch der dafür vorgesehen war, setzte sich und begann zu lesen.

Die Tür ging auf, wie er vernahm, Per hob den Kopf, denn er wollte wissen wer es war, sah die Frau von der Rezeption und fragte sich warum sie wohl diesen Raum gerade jetzt betreten musste. Er begann wieder damit sich auszumalen, was sie nun von ihm wollte und wie es mit ihr sein könnte, wenn seine Vorstellungen doch Realität werden würden. Wieder übermannte ihn der Funke des Neuen, als sich ihre Blicke trafen und er mochte nirgends woanders sein, konnte aber wieder nichts zu ihr sagen. Warum nur nicht? Er hatte keine Idee. Es musste ja nichts für ihn dabei herausspringen, er könnte ja nur ihre Gegenwart ein wenig genießen.

Ja, klar. Gegenwart genießen, und dann kommt das Bienchen zur Blüte.

Aber weg war sie schon wieder, als er das nächste Mal aufblickte und da war er enttäuscht von sich und seinen nicht vorhandenen Fähigkeiten, seine Person in solche Situationen einzubringen, um schauen zu können was sich daraus ergeben hätte. So begann er wieder in seiner Zeitung zu lesen.

Nun kamen auch die anderen herein, fast gleichzeitig wie abgesprochen, aber diesen Gedanken verwarf er sofort wieder und stand auf.

„Nun wo können wir uns jetzt hinsetzten", fragte der Leiter.

Rolf dachte sich das dies schwer seien würde, da ja so viele Leute im Raum seien und freute sich dabei an seinem aufmüpfigen Gedanken. Sie setzten sich in die Mitte des Zimmers und begannen sich zu unterhalten, erst über allgemeines, wie die Situation hier im Hotel aussieht, dann schon über etwas Spezifischeres und schließlich sehr genau und speziell über den Grund ihrer Reise. Aber eigentlich interessierte sich niemand daran, im Moment ein Gespräch zu führen und kamen sodann doch ziemlich schnell zu einem Ende. Es war ja inzwischen auch schon spät geworden und so machten sie sich dann auf ins Bett zu gehen und verzichteten auf eine Kneipentour. Per machte sich natürlich noch Gedanken über das, was er mit seiner Kollegin anstellen hätte können, oder gar mit der Dame an der Rezeption die er ja nie wieder hätte sehen müssen, oder mit beiden zusammen. Diese Gedanken verarbeitete er in einem schlaflosen Traum, bis er übernächtigt in einen traumlosen Schlaf fiel.

Am nächsten Tag leuchtete ihm die Sonne ins Gesicht als er aufstand und dies führte ihm gleich eine beschwingte Laune zu. Also wusch er sich mit einem Pfeifen auf den Lippen und ging dann zum Frühstück.

Es war derselbe Raum wie gestern Abend, jedoch hatte ihn das Licht vollkommen verändert. Er sah nun irgendwie grösser aus und war natürlich freundlicher. Den Kaffeegeruch hatte er schon oben das Erste mal in die Nase bekommen, zwar nur schwach, aber er hatte ihn eindeutig bemerkt. Hier unten roch es jetzt intensiv gut nach ihm. Es gesellten sich auch noch der Duft von frischen Semmeln, Marmelade und Rasierwasser dazu. Dies begann ihn an die Sonntagsfrühstücke seiner Kindheit zu erinnern, die in ihm ein so warmes Gefühl des Glückes hinterlassen haben. Diese Frühstücke, bei denen alles stimmte und richtig zu sein schien. Sie waren zwar nie verschwenderisch gewesen, doch satt wurde er immer. Satt, nicht nur der Hunger der aus seiner Magengrube kam wurde gestillt, nein auch satt nach den familiären Gefühlen, die er die Woche über vermisst hatte, in der er mehr oder weniger fleißig zur Schule ging. Es war für ihn immer ein Königsmahl und er kam sich vor wie ein kleiner Prinz. Ihre Wohnung, die nicht durch ihre Größe bestach, war bestimmt nicht der Grund für diese Empfindungen, er hatte also überhaupt keinen Anlass sich aufgrund ihres Luxus als ein Kind von Adel zu sehen, aber trotzdem war er ein Prinz in seinem Herzen. Es hatte lange gedauert bis er sich dieses Gefühl erklären konnte, geschweige denn wieder fähig war es zu spüren. Wusste er nun, es war diese Mischung aus den Tatsachen, dass er von seinen Eltern geliebt wurde, dass die richtig negativen Sachen, unbemerkt an ihm vorüber zogen und dadurch fähig wurde eine unbewusste Einheit mit sich selbst zu bilden.

Die kindliche, naive Ganzheit der Person.
War das nicht ein erstrebenswertes Stadium des Lebens, da wo man sich als ganz einheitliche Personlichkeit spurt. In dem Moment kann man das selbstverständlich nicht so klar fühlen, es ist nur ein glückliches Empfinden. Danach, beim Nachdenken über diese Situationen, erkennt man erst welche Einheit einen mit sich selbst verband.

Seine Kollegin saß schon am Tisch beim Frühstücken
„Guten Morgen", sagte er.
„Guten Morgen, ich habe mir erlaubt schon anzufangen. Ich bin heute etwas früher aufgewacht und spürte Hunger"
„Ja, ja natürlich. Ich hab damit kein Problem."
Er sah nun auch den Gruppenleiter durch die Türe kommen, mit einem breiten Grinsen auf seinem Gesicht.
„Guten Morgen", sagte er.
Sie beide antworteten ihm fast gleichzeitig, „Guten Morgen".
„Gut geschlafen?", gab Per noch hinterher.
„Ja erstaunlich gut und sie?"
„Ich schlafe immer gut, da ich es nicht merke, wenn ich schlafe, es ist einfach nur eine unbemerkte Auszeit, nach der ich mich wieder frisch fühle".
„Träumen sie denn nicht?"
„Ich träume mit Sicherheit, nur kann ich mich, wenn ich aufwache, nicht mehr daran erinnern. Sie sind dann weg, als wären sie nie dagewesen. Ich meine ja, dass der Schlaf bei dem man nicht bewußt träumt, in seiner Weise, sehr erholsam ist. Man wird in der Nacht nicht mit Bildern aus seinem Gehirn bombardiert und muss diese verarbeiten, sondern kann sich dem wahren Sinn des Schlafes ergeben".
„Da sind Sie sind zu beneiden, ich möchte meine Träume jedoch nicht missen", bemerkte der Teamleiter.
„Ja, dass sagen viele und ich kann es gar nicht so richtig nachvollziehen. Na gut es mag auch von der Erwartungshaltung abhängen, die man mit dem Schlaf verbindet. Ich glaube ja das viele Menschen eine ganz falsche Einstellung zu ihrem Schlaf haben."
„Wie meinen sie das?", fragte seine Kollegin interessiert.
„Die meisten Menschen die ich kenne, jagen immer einem selbst gewählten oder aufgedrücktes Ideal vom Schlaf hinterher, den sie nie erreichen können. Sie wollen irgendwie möglichst viel mit ihrer Schlafenszeit erledigen. Sie wollen sich erholen, bilden sich dabei aber ein, es nur zu schaffen, wenn sie sehr lange schlafen. Sie wollen träumen, am liebsten noch irgend etwas das ihnen ihrer Psyche näherbringt und wollen kontinuierlich in einem durchschlafen. Das sind für mich eindeutig zu viele Wünsche an den Schlaf", sagte Per.
„Und wie machen sie das?"

Oh nein, warum nur musste er sich wieder über so ein belangloses, unwichtiges Thema auslassen? Wie wird er jetzt dastehen, was denken sie nun über ihn, war die sorgfältig aufgebaute Wand seiner Erscheinung für diese Menschen, nun wieder eingefallen?

„Ich halte es einfach, mache die Augen zu und am Morgen wieder auf."

Die anderen schauten ihn ungläubig an, verstanden ihn nicht.

„Na gut, war zwar interessant, wie sie mit dem Schlaf hantieren, aber da wir nicht deswegen hier sind, sondern um unsere Geschäfte zu erledigen, würde ich sagen wir konzentrieren uns mehr auf diese Sachen.", sagte der Gruppenleiter.

Über dieses Abwürgen war Per froh und brauchte so nicht weiter in sich zu stöbern.

Das Frühstück wurde dann schnell beendet und man begann mit der Erfüllung des Tagessolls.

III b

Arne

Es war schwül in diesem Gemeinschaftsraum, doch Arne schien dies kaum zu bemerken. Er war voll in seinem Element und fühlte sich dabei wie der Lachs, der in dem klaren, kalten Wasser, flussaufwärts schwamm und genau wusste, wo seine Reise enden würde, denn sie musste passieren.

Schön, deine Rastlosigkeit mit dem Laichvorgang der Lachse zu vergleichen, getragen von der Einfachheit des Müssens.

Er hörte dem Ausbilder sehr aufmerksam zu und es fiel ihm nicht schwer. Er wollte so viel Wissen wie nur möglich an diesem Wochenende in seinem Gehirn verankern, dass ihm dann dabei behilflich sein sollte, wenn er den Weg nach oben ging.

Udo

Es machte ihm Spaß, wenn er auf Fragen das Richtige antwortete und dabei bewundernde Blicke auf sich zog. Es verschaffte Udo eine innerliche Befriedigung, zu merken und zu wissen, wie sie alle neidisch auf ihn waren.

Oder war es nur eine Einbildung und die neidischen Blicke, sie entstehen nur in
deinem Gehirn und waren eigentlich nichts anderes als ein Ausdruck der Abwertung
gegenüber deiner Arroganz.

Dieser Spaß ließ ihn aufleben und alles andere vergessen. War das Einzige, wofür
er in diesem Moment lebte und genoss ihn damit bis an die Grenzen.

Stefan

Der Gruppenleiter setzte sich zu der kleinen Gruppe an den Tisch, schaute Stefan an
und wollte wissen wie ihnen der Kurs gefällt?
„Gut. Bis auf die langweiligen Kurskollegen!", sagte Stefan zu ihm.
Die Kollegen, welche ja auch am Tisch saßen, hörten seine Ironie aus der
übertriebenen Sprechweise heraus und begannen zu lachen. Das freute ihn, stieg
darauf ein und spielte ein wenig den Kasper.
Er hatte Talent, genau das zu sagen, worüber die Zuhörer lachen konnten, wusste
dies und nutzte es aus.
„Wisst ihr, wo ich am meisten Schmunzeln musste", wollte er wissen.
„Nein, sag es uns".
„Als der Ausbilder meinte wie schön es wäre, so früh an einem Wochenende alle
Gesichter voll Begeisterung und Freude zu sehen und ich mir dabei dachte, ob er mit
dieser Sehstärke, noch ohne Brille Auto fahren durfte."
Es fingen wieder alle an zu Lachen, sogar sein Gruppenleiter stimmte ein, in das
Gelächter. Aber konnte es sein, dass seine Zuhörer in diese Aussage Spott
hineininterpretierten, der gar nicht von ihm gewollt war. Somit seine Aussagen, die
einen ernsten Hintergrund hatten, ins Lächerliche zogen, nur weil sie dachten, Stefan
würde es witzig meinen. Wahrscheinlich bemerkt auch keiner, dass er sehr schnell
mit seinen Gedanken zwischen Kasperl, Schöngeist und Kritiker hin und her sprang.
„Wie kann es sein, dass wir hier in unserer Freizeit sind und uns auch noch toll
fühlen dabei?", da ging Stefan zu weit.
„Was. Wie meinst du das? Was wir hier machen ist doch nur gut für uns!"
„Klar, die Freizeit opfern für die Arbeit", daraufhin Stefan.

Arne

„Was besseres kann es doch nicht geben".

Stefan

Und nun wusste er selbst nicht mehr wo er stand.

Udo

„Deine Ironie ist echt bewundernswert. Man weiß einfach nicht woran man ist bei dir", sagte ein Kollege zu ihm. Udo gefiel diese Aussage so stark, dass er wieder dachte etwas Besonderes zu sein.

Sie schienen ihn echt zu bewundern, fanden es toll, wie er mit den Realitäten umging.

Stefan

Für ihn war heute hier kein Platz. Da beschloss er sie alleine zu lassen und verschwand in den Tiefen seines Geistes.

Arne

Nachdem Arne diese Situation wieder bereinigt hatte, konnte er sich erneut mit voller Hingabe dem Inhalt dieser Fortbildungsreise widmen.

Rolf

Was war das für ein Tag gewesen. Ihm kam es vor, als ob er gar nicht so richtig an ihm teilnahm. Aber nun spürte Rolf sich wieder voll in seiner Haut, als er die Frau an der Rezeption ansah. Sie gab ihm auch wieder ein Lächeln zurück. Seine Gedanken, als er über sie nachdachte, wurden irgendwie immer konkreter und intensiver, er wusste auch gar nicht genau warum, aber er nahm es einfach als unausweichlich, hin.

„Und wie hat ihnen", eine Stimme von hinten, „heute der Tag gefallen?" Es war seine Kollegin, die das wissen wollte.

Was hatte er heute jetzt genau gemacht? War er wirklich dabei gewesen, war es er der heute diesen Tag bestritten hatte?

„Ja ich fand ihn sehr erfolgreich, und sie?", fragte er interessiert.
Rolf war es aber ziemlich egal, wie sie den Tag, den er ja eh nicht registriert hatte, fand oder was sie gar darüber dachte, war ihm sogar vollkommen unwichtig.

Arne und Udo jedoch fanden es sehr wichtig was man bei den Tag und besonders bei ihnen dabei dachte. Waren sie erfolgreich gewesen, hatten sie alles richtig gemacht und waren sie in guter Verteilung aufgetreten?

III. c

Arne

Ja es war wirklich erfolgreich gewesen, was er die letzten beiden Tage getan hatte. Nicht nur erfolgreich für ihn. Er war froh darüber und damit auch ein wenig stolz auf sich, dass er es geschafft hatte alle Gedanken, die sich nicht um das Thema drehten, zumindestens größtenteils zu verdrängen. Nun hatte er auch schon wieder Ideen, was er für sich noch tun müsste und konnte. Und er begann sofort, als er wieder Zeit hatte, über seine eigenen Geschäfte, die er so nebenbei am Laufen hielt, nachzudenken. Er würde morgen mit den Vorbereitungen für eine neue Ausstellung anfangen. Eine neue Ausstellung, die noch grösser werden sollte als die Letzte, die er organiert hatte und ein Fest wollte er organisieren ein wirklich großes Fest, für viele Leute. Wen sollte er dazu einladen, wie sollte er die Einladungen aussehen lassen, würde die Halle reichen, die er sich mieten wollte. Er könnte ja gleich beide Events in einer Halle starten lassen.

Klar, du könntest es ja auch auf dem Mond machen.

Diese Gedanken aber waren weg, als er Zuhause war und die Tür aufgesperrt hatte. Es kam die Zufriedenheit, die er erhofft hatte zu haben, als er losgefahren war mit seinen Kollegen um diese Sache zu erledigen.
Sie war da.

Nur lange würde sie nicht bleiben, dass wusste er, konnte dies akzeptieren und war bereit für neue Dinge.

Andreas

Es war zwar nicht besonders aufregend für ihn, was er tun musste als er auf dieser Fortbildungsreise war, aber er hatte viel gesehen und hoffte dies nun in neuen Bildern verarbeiten zu können. Darauf freute er sich ungemein, endlich wieder einen Pinsel in die Hand nehmen und sich auf den endlosen Weg zu sich selbst machen zu können.
Er konnte seinen Koffer mit Leichtigkeit und Freude tragen, denn er war gespannt was diesmal dabei herauskommen würde. Natürlich gab er sich nicht viele Chancen, dass es ihn auch nur im geringsten Maße für länger befriedigen hätte können, aber er war ja auf der Jagd nach diesen göttlichen Momenten, die er so verehrte und die ihm so viel geben konnten.

Max

Er war froh, wieder der Masse seiner arbeitenden Kollegen entkommen zu sein und endlich wieder ein wenig Zeit mit sich selbst zu verbringen. Es waren zwar nur zwei Mitarbeiter, mit denen er verreist war, aber trotzdem lagen sie am Schluss auf ihm wie eine nicht zutragende Last.

Warum nur konnten ihm zwei Kollegen wie eine nicht zutragende Last, oder gar eine Masse, vorkommen? Was war er fähig in ihnen zu sehen?

Es fiel ihm schwer die Reise mit anzutreten und auf ihr seine volle Leistung zu geben, aber er wusste, dass, wenn er es nicht gemacht hätte, dann wäre er abgeschrieben gewesen in seiner Firma. Also formte er allen Mut den er hatte zu einer Kugel und stieß sie den Abhang hinunter. Sie begann zu rollen und zu rollen, bis sie schließlich das Tal mit so hoher Geschwindigkeit erreichte, das sie auf der anderen Seite wieder hinauf rollte, dabei zwar etlichen Schaden anrichtete, aber sie war hinuntergerollt. Er verstand diesen Vergleich, den sich sein Gehirn ausgedacht hatte, zwar immer noch nicht ganz, doch wusste er, es hatte wie immer recht.
Max nahm sich für die nächsten Tage nichts vor, denn er wollte auf keinen Fall etwas anderes machen, als alleine mit sich selber zu sein.

Da legte sich Per in sein eigenes Bett daheim, machte die Augen zu und begab sich auf die Reise in ein fernes Reich.

III d

Stefan

Er wollte für sich irgendwo einen stimmigen Ort finden und ging also auf das Fest, zu dem ihn sein Arbeitskollege eingeladen hatte. Er lernte viele Leute kennen und stand irgendwie im Mittelpunkt des Geschehens. Nein, das Geschehen gruppierte sich nicht um ihn, er begab sich automatisch in die Mitte der Aktivitäten. Das Fest tat so, als wäre es voll mit ausgelassener Heiterkeit, aber wenn man genauer hinsah, sah man nur in die Gesichter die verdeckt waren, versteckt hinter irgendwelchen Masken.

Stefan aber fühlte sich wohl, in diesem Meer der Masken und setzte sich selbst auch immer wieder welche auf. Aber es gab ihm auch irgendwie eine Befriedigung, wenn er den fröhlichen mimte, obwohl er es eigentlich gar nicht war. Die Leute nahmen es ihm ohne groß nach zu fragen ab. Aber nicht nur den fröhlichen, nein sie nahmen ihm alles ab. Er konnte sie alle spielen.

Auf einmal wurden die Leute unruhiger und unruhiger, bis sie schließlich an ihm vorbei rannten und so etwas wie Feuer riefen.

Feuer. Sollte es hier brennen, musste er nun diese Gemeinschaft verlassen? Ja es sieht ganz danach aus und da wurde es ihm klar, es sollte um sein Leben gehen. Also begann er zu rennen, rennen in Richtung des Ausgangs, obwohl er eigentlich gar nicht mehr genau wusste, wo er war. Er rannte trotzdem den Menschenmassen nach, denn er wusste sich alleine nicht zu helfen sah keinen Ausweg, der ihm das Leben gerettet hätte. Er lief an einer schreienden, weinenden Frau vorbei, die sich wohl den Fuß gebrochen hatte, aber helfen wollte er ihr nicht, er selber brauchte Hilfe, konnte keinem anderen helfen. Also ließ er sie liegen und rannte weiter. Die Straße schien durch die offene Tür, er war verdammt erleichtert, als er sie endlich erreichte und dem Gebäude den Rücken zukehren konnte.

Die Feuerwehr war schon da und versuchte verzweifelt das Feuer zu löschen. Dies alles interessierte ihn aber nicht und er begann nach Hause zu gehen, denn er hatte es ja überlebt.

Udo

Er wusste das was er erlebt hatte, durften nicht viele erleben und die Blicke der Bewunderung für sein Überleben waren voll gerechtfertigt, so wie er dachte. Er begann Geschichten zu erzählen, wie er sich durch das Feuer gekämpft und zwei Leuten das Leben gerettet hatte. Die Blicke der Bewunderung nahmen kein Ende und er genoss es so richtig, denn wer weiß wie lange sich seine Geschichte noch als Wahrheit, was sie ja nicht waren, zeigen würde. Vor der plötzlich auftauchenden Kamera fuhr er alle Geschütze auf, die er hatte. Wurde gefragt nach Menschen, die er gerettet hatte, zeigte auf welche die er noch nie gesehen hatte und log, als ob er hier ein Wettbewerb bestritt. Nach einer kurzen Zeit standen sie alle um ihn herum und jubelten ihm zu. Alle glaubten ihm und das war Großartig.

Per

Und da wachte er auf, hatte nur geschlafen.
In der nächsten Sekunde konnte er sich schon wieder an Nichts mehr erinnern.

Der Traum der Masken.

So verarbeitete er die Erlebnisse seiner Fortbildungsreise ganz bewusst, versuchte dabei alles für Per zu ordnen und all seine neuen Erfahrungen in einer Person zu bündeln.

IV. Erste Gemeinsamkeiten und Differenzen

Wie gelingt es ihnen ihr Leben zu spüren?

Durch die Empfindung von Gefühlen.

Wie können sie am besten ihre Gefühle umschreiben, bei der Empfindung von Glück?

Max +
Lou +

    Andreas: „Ich bin Gelöst und stehe im Einklang mit meiner Umwelt."

Stefan +
Arne +
Paul: „Ich fühle mich, wie ein Herrscher über diese Welt."

Udo +
Rolf: „Ich sehe doch einen Sinn darin hier zu sein."

Rolf

Er nahm absichtlich nicht den kürzesten Weg zu seiner Verabredung, da er noch genügend Zeit hatte und wollte so alles noch einmal durchgehen. Hatte er auch nichts vergessen, hatte er alles dabei, hatte er alles daheim ausgemacht, zugesperrt, sollte er noch einmal zurückgehen und nachschauen? Nein dies würde er zeitlich dann doch nicht mehr schaffen. Was sollte er denn auch vergessen haben?

Schieb nicht deine Unsicherheit, auf irgendwelche kontrollierbaren Sachen.

Er wurde immer unsicherer, wusste er doch nicht wie die Verabredung verlaufen sollte, hatte auch schon so lange keine mehr gehabt.
Wie sollte er sich geben? Was sollte er ihr erzählen? Doch sicher etwas das sie gerne hören möchte. Nur was würde sie gerne hören wollen? Gut sie war eine Frau, aber konnte Rolf hier mit solchen Verallgemeinerungen erfolgreich sein? Sollte er seine Fragen nur über ihr Geschlecht definieren? Er war sich nicht sicher, ob dies klappen würde.
Eins wusste er schon, oder glaubte es zu wissen, sie würde ihm nicht schlecht gefallen. Aber das was Rolf über sie wusste, war nicht mehr als ein paar oberflächliche Telefonate und das Kennenlernen in einer dunklen Diskothek, wo der Alkohol die Stimmung ins Weite hob. Er wusste eigentlich nicht genau wie sie aussah, wusste nur, dass sie gut küssen konnte und auf der Heimfahrt sich ziemlich zärtlich an seinen Körper geschmiegt hatte. Das sie ein interessantes, wenn auch sich drehendes Gespräch führten und das es bei ihrem Abschiedskuss am Bahnhof schon hell war.
Er könnte sich mit ihr auch eine Beziehung vorstellen, vielleicht konnte er mit ihr auch richtig glücklich werden.

Langsam, langsam. Stürze dich in kein Unglück.

Doch dazu bedurfte es eigentlich nicht viel, die bloße Tatsache das sie zusammen sein würden, dürfte ihm genügen. Es war schon zu lange her, wo er sich in einer Beziehung fühlen durfte. So dachte er, es gäbe ein Recht für ihn und es wäre genügend Zeit gewartet und zu viele Momente bereits verstrichen in denen er sich einsam fühlte.
Aber war seine Auffassung von Partnerschaften und Beziehungen nicht beleidigend und unangenehm für die Frau, die er sich ausgesucht hatte?

Udo

Nein, er hatte doch nichts anderes gemacht, als was er sonst immer tat. Udo hatte sich doch nicht über Nacht, unbemerkt und plötzlich, vehement verändert. Er war doch noch derselbe wie gestern. Aber trotzdem wurde er von allen Menschen, die ihm begegneten, irgendwie angeschaut, als hätte er etwas Besonderes oder abschreckendes in seiner Person. Er konnte natürlich nicht definieren, ob es nun eine Eigenheit oder etwas Abstoßendes war, was die Leute, scheinbar so faszinierte. Er hätte es gerne gehabt, dass es definitiv eine positive Besonderheit gewesen wäre, da hätte er dann stolz und mit geschwellter Brust, durch die Gegend marschieren können.

Nein, damit konnte er nicht umgehen. So kam es, dass er selbst immer neue Spiegelmöglichkeiten für sich suchte, sich anschaute und dabei eigentlich gar nichts Besonderes an sich fand. Das machte ihn wütend, wütend auf die Menschen, die ihn mit ihren Blicken so unsicher machen konnten. Die Tatsache, nicht zu wissen, warum er die Blicke so auf sich zog, machte ihn wahnsinnig und er beschloss aus dieser Situation, mit seinem Charakter zu flüchten. Aber flüchten hieß verdrängen. Verdrängen hieß Angst haben. Angst vor dem erneuten Erscheinen und dem ausgeliefert sein.

Rolf

Eigentlich gefiel sie ihm doch nicht so richtig, wie er es sich vorgestellt hatte, aber warum sollte er jetzt kehrt machen? Er wollte doch nur jemanden haben, der ihn ab und an zuhören konnte, was die Einsamkeit, in der er gefangen war, vergessen ließ. Aber was konnte Rolf ihr geben, dass sie dazu gebracht hätte, mit ihm eine Beziehung anzufangen? Was entstand um ihn herum nur für eine Selbstsicherheit, er könne dies schaffen, wenn er nur wolle. War dies nicht absolut weltfremd und würde nicht funktionieren. Denn irgendwie war „das Gewollte, entstehen lassen können", bei ihm vorbei. Nichts ging mehr so aus, wie er es sich eigentlich wünschte, plante oder träumte. Aber was wären denn die Möglichkeiten die ihm offenstanden gewesen?

Fragen, Fragen nichts als Fragen, die in seinem Kopf umhergingen und sich zu unbekannten Gebilden ohne Antworten vereinigten, welche er als Angst einflößende, riesig skeletthafte, sich schwer bewegende aber schnell Zustoßende, tonfarbene Gestalten sah. Die unausweichlichen Gedankenströme, die ihn durchfluteten, waren undefinierbar für sein Geist, er konnte sie in keine für sich bekannte Schublade stecken, so dass er sich wieder auf den Augenblick zu konzentrieren begann.

Und merkte das ihm diese Frau die er da vor sich sah doch recht seltsam vorkam.

Udo

Aber er wollte ihr wenigstens gefallen, dass war er sich schuldig. War er sich schuldig? Was war er ihr schuldig? War er überhaupt irgendjemand, irgendetwas schuldig, eingeschlossen sich selbst?

„Was machen sie denn beruflich?", wollte sie wissen.

„Ich bin Fachmann für Computerzubehör."

„Was müssen sie dort genau machen", sie sah irgendwie so aus, als wäre sie sogar interessiert oder täuschte das nur vor.

„Ich leite eine Abteilung die", wie wichtig sollte er sich nun machen, „für die Produktpräsentation verantwortlich ist", ja das war gut. Es hörte sich kreativ an und war mit mehr Leidenschaft verbunden, als das was er wirklich tat.

Kennen wir das auch von einem anderen?

Er hatte keine große Motivation in seinem Beruf etwas Besonderes zu erreichen, da es ihm ja nicht schwerfiel sich wichtiger darzustellen, als er es in Realität war. Der Blick des Interesses in ihr, wurde zu dem Blick der Bewunderung für ihn, dann war er sogar ein wenig mit Neid behaftet, wie Udo glaubte sehen zu können. Und er wusste es war absolut richtig, was er über sich erzählt hatte, na gut es war gelogen, aber es war doch absolut richtig und es konnte wieder nichts besseres geben als hier zu sein, diese Blicke von ihr spüren.

Rolf

Und es machte ihm Spaß sie zu beobachten, allein die Tatsache das sie eine Frau war, reichte vollkommen aus, um seine ständigen Betrachtungen zu rechtfertigen. Das Kunstwerk Frau, dass er hier sah, war doch einfach wunderbar in jeder Einzelheit, göttlich bis in die Details. Dies wurde ihm besonders klar, als sie aufstand, um auf die Toilette zu gehen. Ihr Gang, ihr fallendes Haar, ihre Figur, ihr Gesicht, ihre Beine, ihre Schuhe und ihr Hinterteil, dies alles waren Tatsachen, die sein Gemüt flammen ließen. Und wenn er es sich nun so recht überlegte, wurde sie zu einer Prinzessin. Konnte es sein, dass er ein wenig übertrieb, bei dem was er über sie dachte?

Ja, dass machst du nur, weil du bei ihr eh nur auf eins scharf bist.

Aber das war ihm egal, denn er spürte ja etwas göttliches, in allem was er erblickte, also war es sicherlich nicht falsch, wenn er es in dieser Frau ebenfalls erblicken konnte.

Denn das Sehen war für ihn Gottes Hand und das Licht war wie die Materie unter den Fingern des Bildhauers.

Und er war glücklich in diesem Moment des Betrachtens und Erkennens, wollte nirgends woanders sein, wusste er doch es war absolut richtig und es konnte wieder nichts besseres geben als hier zu sein. Seinen Blick bei ihr wissend.

Max

Die Sonne begann langsam unterzugehen und Max konnte die Szene aus dem Auto, in dem er mitfuhr, wunderbar beobachten.

Als Max dies so sah, zog er das Ganze in sich auf und freute sich auf die Möglichkeiten die der Abend, noch für ihn bereithalten würde. Er fühlte sich wie ein Staubsauger, nur dass er keinen Dreck in sich hinein sog, sondern schöne Situationen und Momente. Die Arbeit, welche er heute zu erledigen hatte war doch relativ anstrengend gewesen und er freute sich auf „das Mit sich allein sein", Daheim.

Das Auto fuhr ein Arbeitskollege aus seiner Firma und Max musste, auf die Versuche des Kollegen ein Gespräch anzufangen, möglichst interessiert antworten oder gar lachen, wenn dieser ein Witz eingebaut hatte. Damit wurde ein Minimum von aufpassen Pflicht.

Die ganze Situation verbarg sich hinter etwas träumerischem, denn einen so herrlichen Sonnenuntergang hatte er in seinem Leben noch nicht gesehen. Gut, dies sagte er an jedem Tag, an dem er die Sonne untergehen sah, stellte damit den Moment, den er im Jetzt verlebte, immer über alles Vergangene. Was ihm zu denken gab, war die Frage, die sich ihm konsequenterweise auftat, wie lange könnten sich diese Gefühle noch steigern und wie intensiv war erst der Schluss?

Am Schluss würde der Tod stehen und er wollte jetzt sterben, in dem Moment der einfach so unscheinbar schön war und in dem er sich nichts mehr schöneres vorstellen konnte. Aber dies würde nie eintreten, sterben in dem schönsten Augenblick des Lebens. Außerdem wusste er, der nächste Moment indem er so empfinden würde, kommt bestimmt und wird noch schöner sein, als der jetzige.

Und er spürte, es war die einheitliche Welle auf der er schwamm, die alles verband mit ihrem auf und ab. Er fühlte etwas sehr Merkwürdiges in sich, aber doch war es so schön, er hätte weinen können.

Und seine Seele sprang voller Freude auf und ab. Er sah sie vor seinem geistigen Auge derart intensiv und er war unheimlich glücklich, so wusste er die nächsten intensiven Momente würden wohl sehr negativ sein.

Lou

Es war ein kleines rundes Männchen, dass er sah, mit großen entenartigen Füßen. Lou wusste, es hatte keine wahre Präsenz, war nicht real hier, aber es war ein Teil seiner Wirklichkeit und in dieser fühlte er sich wohl. Dieses kleine Männchen, sprang im gleichen Tempo immer wieder auf und ab, machte keine Anstalten aufzuhören. Es sprang ungehindert immer weiter und weiter, und so wie dieses Männchen sprang so fühlte sich Lou. Genauso auf und abspringen das wollte er jetzt machen, sich umherwerfen, aus Freude und Glück, die er gerade empfand.

Aber konnte das nicht irgendetwas in ihm selbst sein, was er da sah wie es sich so freudig bewegte, kam ihm die Vermutung? Es musste etwas in ihm geben, was er sonst den berauschenden Wirkungen irgendwelcher Mittel zuschrieb, was aber eigentlich immer da war und nur auf die Signale zum Start warteten. Es war schade, dass er sie noch nicht genauer kannte, gut er wusste, mit Drogen war dies zu schaffen, ging einfach und sicherer. Er benutze sie damit als Signale, die für ihn diese Wirklichkeiten weckten.

Einmal, als er krank war, Schmerzmittel genommen hatte und Alkohol, dessen berauschende Wirkung er so schätzte, ebenfalls nicht zu knapp konsumierte. Da sah er Wesen, die scheinbar so ähnliche Signale sein mussten, auf seinem Unterarm, sah sie kämpfen mit schönen Ritterschwertern gegen böse aussehende, kleine, grüne, dickliche Gestalten. Er wusste sofort was dieses Bild bedeutete, es mussten seine körpereigenen Stoffe sein, die sich gegen den Krankheitserreger durch- zusetzten versuchten. Da war Lou ihnen dankbar, dass er sie hatte, wusste zwar nicht genau was diese Dankbarkeit bedeuten sollte, aber er war sich sicher, diese kleinen Wesen waren in ihm und der Kampf fand statt, war realer, als seine Vernunft ihm glauben machen wollte.

Und so sah er seine Seele auf und abspringen voller Freude, denn er wusste es musste sie sein und man konnte sie immer sehen. Wenn man nur bereit ist sie zu akzeptieren. Er sah sie vor seinem geistigen Auge derart intensiv und war unheimlich glücklich, so wusste er, die nächsten intensiven Momente würden sehr negativ werden.

Andreas

Andreas hatte eigentlich nicht vor, heute großartig viel zu malen, aber es drängte ihn dann doch dazu, einfach mal anzufangen.

Als er Zuhause angekommen war und seine Utensilien, die er dazu brauchte, betrachtete, da überkam es ihn und er bereitete alles vor. Machte sich aber dabei keine großartigen Gedanken, wie es werden sollte. Er wollte einfach sehen, wie es entstehen würde und schaffte sich so keine Grenzen mit irgendwelchen Vorgaben. Ruhig begann Andreas und bewegte gelassen den Pinsel über die Leinwand.

Gut, er hatte natürlich einen groben Gedanken dem er folgen wollte, so begann er mit den skizzenhaften Konturen. Er wusste auch, es würde nicht viel Farben sein in diesem Bild. Schwarz, Weiß, Karminrot dunkel und Ultramarinblau ebenfalls dunkel, mit diesen Farben hatte er sich letzte Woche schon ausgestattet, ohne aber genau zu wissen, was er damit eigentlich malen wollte, einfach aus einem Gefühl heraus.

Ein Gesicht sollte es also werden. Eine Skizze war schnell gezeichnet. Es war ein Gesicht über die ganze Fläche, ein Gesicht ohne Hals, ohne Ohren, ohne Haare. Aber vielleicht hatte es doch Haare, Hals und Ohren, man würde sie nur nicht als solche erkennen, weil es eine neue Sicht auf die Dinge war. Ja sie war neu, denn es war seine. Seine Einzigartige und noch nie dagewesene.

Denn du bist einzigartig und darin liegt nichts Besonderes.

Wo war er? Wie weit war er schon gekommen? Er schaute bewusst auf die Leinwand und erschrak, denn es war gut was er da malte, er hatte sich und das Bild in seinen Gedanken verloren und es einfach nur gemalt. Gut es war nun nicht mehr er selbst den er beim Malen dieses Bildes fühlte, aber irgendjemand, irgendetwas war da, in ihm, was alles vorantrieb. Und er wurde von einer Welle der Freude und Arbeitswut ergriffen, wie er sie noch nie verspürte. Da konnte er nun einfach so weiterarbeiten, ohne nachzudenken, ohne Zeitgefühl.

Und so verging sie, er musste dann einfach irgendwann aufhören, konnte nicht mehr weiter malen.

War fertig

War glücklich und zufrieden mit sich.

Sah seine Seele auf und ab springen und wusste, dies war der Moment der des Sterbens würdig war und verließ diese Welt mit der Gewissheit, seine Sichtweisen in einem Bild dagelassen zu haben.

Du wirst wiederkommen. Zuerst in anderer Form, dann in anderen Zeiten, schließlich mit neuen Sichtweisen.

Arne

Und er freute sich in die Gesichter zu blicken, welche ihn glücklich ansahen.

Es war auf einem Fest das Arne organisiert hatte.

Es gab nichts abstoßenderes, für ihn, als in einen Sumpf des Nichtstun zu verfallen. So hatte er sich deshalb gleich, nach der Ausstellung, an das nächste gemacht, was er organisieren konnte. Es hatte noch keine Erfahrungen in der Organisation von Festen und Partys, also musste er sich über alles klar werden und war damit schon mal lange beschäftigt. Die Location, wie er den Platz nannte wo es stattfinden sollte, war zuerst eine Fabrikhalle, dann ein leerstehendes Mietshaus, eine Sporthalle, ein See, dann ein Bauernhof, der es auch blieb. Als nächstes kam die Musikanlage, dann die D.J.´s, die Getränke und das Essen, sein Personal, die Gästeliste, die Eintrittskarten, die Plakate und so weiter usw. Also er war eine zeitlang wirklich total eingenommen von dieser Planung. Er machte dies ja nicht nur deshalb, weil er dem Sumpf zu entkommen suchte, nein er wollte natürlich auch etwas Geld damit verdienen.

Immer gut auch noch das Geld als Grund mit vorschieben zu können.

Ja, er wollte das Geld in der Kasse klingeln sehen und hören und damit seinen Wünschen etwas näher rücken. Er wollte ein neues Auto, am liebsten einen Sportwagen, eine größere Wohnung und eine schöne Frau, die sich durch sein Geld angezogen fühlte. Dies alles zu realisieren war mit ziemlich viel Schwierigkeiten verbunden, die er aber alle mit viel Ehrgeiz zu lösen bereit war.

Du bist zwar bereit, aber bist du fähig?

Das Schwere war etwas, dass sein Leben anzog, wie das Licht die Motte, so legte er sich immer mehr auf und versuchte dies alles dann auch zu erreichen. Alles zu erreichen, was bildete er sich da ein, ist dies denn überhaupt möglich? Oder war dies nur eine Illusion seiner Wünsche. Natürlich war es unmöglich, sehen konnte er dies allerdings nicht, und er machte weiter, weiter wegen dieses göttlichen Gefühls. Das Gefühl, welches er in wenigen Momenten für ein paar Sekunden in sich spürte und was ihm die ganze Welt zu Füßen legte. Es war das Gefühl des unbeschreiblichen Sieges, dass er da hatte und sich dabei wie der Herrscher über diese Welt fühlte, denn er konnte alles erreichen und sah in allen seinen Tätigkeiten etwas unausweichliches, ein nicht zu beschreibenden Existenzzwang in seinen Ideen und damit in ihm selbst. Ja, denn seine Ideen waren es, die diese Welt beherrschten.

Stefan

Und es waren die Energien, die auf diesem Fest hier strömten und ihn aufrecht hielten.
Das zusammengepfercht sein, in den Menschenmassen, ließ ihn sich nicht so alleine fühlen. Es gab kein Gefühl, dass ihn so sehr schmerzte, wie das Erkennen seiner wahren Einsamkeit. Da wo er keinen mehr bei sich hatte, der ihm half diese Last des Universums mit seiner Anwesenheit zu erleichtern.

Was hast du denn da nun wiedererkannt, damit das Universum auf deinen Schultern lasten kann?

Das Fest hier war natürlich kein Ersatz, aber er konnte es gut überspielen damit und wurde abgelenkt. Es war ein unbeschreibliches Gefühl hier zu sein unter Menschen, er musste mit keinem reden, keine Gefühle, keine Emotionen investieren, aber war trotzdem nicht ganz alleine. Es war ein schöner Kompromiss zwischen etwas, dass sich für ihn nicht verbinden ließ.

Der Bauernhof, die vielen Menschen, die gute Musik und Stefan wollte wieder nirgendwo anders sein. Er glaubte ein Moment des Glückes zu erkennen und merkte wie alles um ihn herum anfing perfekt zu stimmen, in einer Art und Weise richtig zu sein die unausweichlich war und dieses Gefühl zu spüren, gab ihm eine gewisse Art von Macht, in sich selber. Er konnte es nicht glauben, dass andere Menschen fähig waren dieselben Gefühle, die er hatte, zu empfinden. Also musste er doch etwas Besonderes sein und konnte deshalb mit niemanden verglichen werden und schon gar nicht mit diesen in denselben Topf geworfen werden.

Er wusste es, dass dies die Wahrheit war für ihn. So dass er sich nicht abtat mit anderen Sichtweisen. Ja, denn er war es wieder, der diese Welt beherrschte.

Paul

Und der Kerl der ihn so komisch ansah regte ihn auf.

Paul wusste, viel würde es nicht brauchen um ein Funken des Entzündens, an die unterdrückten Holzscheite seiner Hassgefühle zu bringen. Er wusste nicht, warum dieser Mensch bei ihm alles das, was mit Gewalt und Macht zu tun hatte, weckte. Er malte sich aus wie er ihn reizen könnte. Paul wollte ihn dazu bringen, dass er von ihm beleidigt wurde, oder irgendwie sehen, dass sein Stolz angegriffen worden wäre. Somit seine Schläge eine Rechtfertigung gehabt hätten. Eigentlich war sein Stolz natürlich schon angegriffen worden durch seine blose Existenz, aber wenn er jetzt schon anfangen würde aggressiv zu werden, gäbe es kein positives Ende, dass wusste er mit Sicherheit.

Lass es sein Per, lerne ihn zu unterdrücken.

Er wartete auf diesen Moment, den er dann aber natürlich entweder übersah, oder nicht registrierte und es damit dann doch keine Möglichkeiten für einen Schlagabtausch geben konnte.

Aber was, wenn du ihn nicht übersehen hättest? Was erhoffst du dir davon?

Es war für Paul einzig und allein dieses Gefühl der Macht. Die Macht sein Ding, voll und ganz durchzubringen und alle nach seiner eigenen Pfeife tanzen zu lassen.

Diesen Moment hatte er irgendwo, irgendwann schon einmal gesehen und er wusste nicht was dies bedeuten sollte, sollte es überhaupt etwas bedeuten, oder war es nur eine dumme Laune seines Körpers oder seines Geistes, die er nicht verstand. Er wusste auch nicht mehr wie er das letzte Mal darauf reagiert hatte, also musste er erneut entscheiden.

Er tanzte ganz normal, ohne ihm zu nahe zu kommen. Jedoch ließ sich dies nicht so ganz vermeiden und er wurde eindeutig von ihm provoziert, durch einen kleinen Stoß. Also musste er diesem Hieb eine Aktion von sich folgen lassen, um zufrieden sein zu können. Er schubste ihn. Sein Gegenüber drehte sich sofort um und schaute ihn aggressiv an. Jetzt durfte er keine Angst haben und dies durch einen schwachen Blick verraten, denn dann hätte er, wie er dachte, diese Auseinandersetzung verloren und müsste sich zurückziehen. Dies wollte er aber nicht, also erhob er seine Stimme und fing an ihm mit lauten Wörtern seine Meinung kund zu tun, aber immer noch bereit für die letzte Konsequenz mit seinen Fäusten. Es folgten nun ein paar giftige Blicke, böse Worte, die der Alkoholpegel der beiden noch unfreundlicher werden ließ. Stefans Freude stellten sich nun hinter ihm auf, um rechtzeitig eingreifen zu können und ihn zu stoppen. Paul plusterte sich nun auf, wie ein Gockel, der seinen Rivalen bei der Balz verscheuchen musste. Doch mit diesem Gockel hatte er keine großen Chancen ihn zu vertreiben und so wurde er zum Löwen der sein Revier verteidigen musste. Da war er nun wirklich kurz davor loszuschlagen, seine Freunde kamen einen Schritt näher, denn sie wussten wie er war. Er war bereit dem Ganzen ein Ende zu bereiten.

Diese aber wollte sein gegenüber scheinbar nicht und machte sich davon mit ein paar beschwichtigenden Worten.

Da überkam ihm ein unbeschreibliches Gefühl. Ein Gefühl der Macht, er erkannte die Fähigkeit seine Meinungen durchzusetzen und die Tatsache nicht als Feigling da stehen zu müssen. Und er stürzte sich in die Menge und fing an wild und leidenschaftlich zu tanzen.

Denn er war es wieder der diese Welt beherrschte.

Rolf

Von dem Beobachten hatte er nun genug und ging somit eine Stufe weiter, zu mindestens wollte er sie ausprobiert haben, wollte sich nicht sagen hören, die Frau mit der er sich nun verabredet hatte, wäre nichts für ihn gewesen.

Also versuchte Rolf den nächsten Schritt, auf der Beziehungsleiter, nach oben zu gehen.

„Hätten sie Zeit und vor allem Lust mit mir heute ins Kino zu gehen?"

„Mhmm", Rolf glaubte eine verschreckte Mine an ihr erkannt zu haben. War er zu schnell gewesen? Hatte er sie damit überrumpelt? Egal es musste sein, sonst hätte es keinen Sinn mehr für Rolf gehabt, hier in ihrer Gegenwart zu sein.

„Ja gut, wenn sie einen Film vorschlagen der mich auch interessiert", sagte sie. Das dürfte jetzt nicht das Problem sein, ihr einen Film vorzuschlagen, der ihr gefallen würde, dachte er sich und versuchte sich zu erinnern was er in dem Kinoprogramm gestern gesehen hatte. Er war natürlich schon daheim, ziemlich viele Möglichkeiten für diesen Abend durchgegangen, der Kinoabend war eine davon gewesen. Er versuchte sich auch an Inhalte zu erinnern und war auf der Suche nach einem „Frauen tauglichen" Film. „Frauen tauglich" was sollte dies nun wieder heißen? Leugnen konnte er es nicht, dass es einfach Filme gab, welche sich Frauen, nun mal nicht so gerne ansahen. Dies war aber natürlich nichts weltbewegendes was er hier erkannt hatte. Nur fragte er sich, warum sich diese Aussage nur so negativ anhörte. Aber er hätte das mehr so wie „Kinder tauglich" oder „Erwachsen tauglich" verstanden wissen wollen

„Behinderten tauglich? "

Als er diesen Film gefunden hatte und ihn vorschlug, war er dann doch überrascht, wie angetan sie über seinen Vorschlag war. Da war Rolf sehr zufrieden mit sich und dem Kinoprogramm.

Udo

„Doch ja gerne, diesen Film wollte ich schon immer einmal sehen", und Udo glaubte in ihren Augen einen Blick der Bewunderung zu erkennen, so als ob sie es ihm nicht zugetraut hätte, dass er es schaffen könnte, einen richtigen Film für sie beide auszusuchen. Denn, dass hieß vor allem ihren Charakter richtig einzuschätzen, versuchen zu wissen, welche Themen ihr am besten zusagen würden, danach ihn mit seinen Filmkenntnissen zu vergleichen und einen geeigneten Film vorzuschlagen. Aber dies war gar nicht so schwer, denn sie war ja eine Frau und das erleichterte ihm die Auswahl erheblich. Es war so einfach, wenn Frauen sich in ein Schema passen lassen, wenn sie sich einem gemeingültigen Rollenverhalten hingeben, was natürlich Rückschlüsse auf ihr Interesse für einen zuließ. Jedoch würden sie dies nie zugeben, denn sie erlaubten es natürlich nicht, sie in irgendein Schema zu pressen, besonders nicht durch einen Mann. Aber warum sollte sie sonst so leicht für etwas zu gewinnen sein? Sie suchte eine Begleitung, die Begleitung aus ihrer Einsamkeit?

Einsamkeit wie kam Udo jetzt auf so etwas? Woher nahm er diese Annahme? Was gab ihm das Recht sie mit seinen vorgefertigten Meinungen zu verurteilen? Natürlich war es einfacher so, aber den wahren Wert würde er nie erkennen.

Und er konnte diese Begleitung sein. Er würde sich auch gerne mit ihr abgeben, würde sein bestes dabei geben, aber natürlich auch immer mit der Hoffnung für sich einen Blick der Bewunderung dabei zu ernten, der ja dann total gerechtfertigt wäre.

Rolf

Sie begann zu Lächeln, als beide aufstanden und sich auf den Weg ins Kino machten. Rolf liebte es dieses Lächeln erblicken zu können und dürfen. Es war das erste Mal, dass er sie glücklich lächeln sah und das gab ihm ein Gefühl der Bestimmtheit, wie er es liebte. Die Klarheit dieser Situation, lässt ihm den Wunsch nach ihrer Ewigkeit verspüren. Denn man weiß, es ist der richtige Weg auf dem man ist, ohne ausmachen zu können wohin einen dieser Weg führen wird. Rolf wusste dies fühlend. Er fühlte das Wissen. Ein glückliches wandern in den Schritten seines Schicksals, zu wissen es gibt tausend andere Wege, aber dies ist der einzig Richtige. Auch wenn er einem schaden könnte, musste es sein. Denn er verlangt danach gegangen zu werden. Das wollte Rolf am liebsten immer spüren, aber da dies nicht möglich war, wurde er umso fröhlicher, wenn sie als Momente kamen.
Und weg war er!
Er spürte die Richtigkeit dieses Weges wieder, als er neben ihr im Kino saß und der Film begann. Das Popcorn knisterte, als er es in seinen Mund steckte. Die Cola verband sich mit den Maiskörnern, zu einem pampigen, zuckrigen Kinobrei in seinem Mund. Was für ihn aber einfach dazugehören musste. Die Vorschau auf die kommenden Filme war gerade vorbei, als er sich ärgerte, keine große Familienpackung gekauft zu haben, denn sein Proviant neigte sich schon dem Ende. War das ihre Hand, die er spürte? Nein das hatte er sich nur eingebildet eine Wunschvorstellung, aber er dürfe hier auch nicht so tatenlos neben ihr sitzen bleiben. Er wollte es ihr zeigen, was sie doch für eine gute Wahl getroffen hatte und wieviel Glück sie mit ihm Empfinden könne.

Will sie das aber?

Udo

Der Film begann ihn jetzt zu langweilen und er gab sich nun mehr Mühe dabei, ihr näherzukommen. Bloß aus was bestand diese Mühe? Konnte man sie überhaupt Mühe nennen? War es damit getan ihr das restliche Popcorn anzubieten? Oder gab es eine bessere Möglichkeit?

Natürlich gibt es eine bessere Möglichkeit. Denke nicht. Handle!

Udo konnte nichts von sich aus anfangen. Hatte höllische Angst vor diesem verdammten, ersten Schritt. Es würde wieder nichts geschehen, den ganzen Film lang, nichts und er wusste es. Er wünschte es sich aber so intensiv, dass etwas passieren würde. Auf das er die Hüllen der Einsamkeit, die ihn umgaben, mit den Träumen, die in seiner Phantasie waren, tauschen konnte.

Was ist schlecht an der Einsamkeit? Bist du überhaupt einsam? Was heißt Einsamkeit? Sei nicht so negativ.

Er hatte sich immer so schöne Welten in seinem Kopf geschaffen, nur mit der Übertragung in die reale Welt, hatte er immer seine Schwierigkeiten. Konnte er sich in seinen Gedanken doch ein perfektes Szenario erarbeiten, das ihn zufriedenstellte mit allen Möglichkeiten, die es dabei gab. Doch bei dem Versuch, es in Erscheinung treten zu lassen, kam fast immer das absolute Gegenteil dabei heraus. Udo bildete sich auch ein, er wäre fähig gewesen, alle falschen Entscheidungen die er nur machen kann, vorher zu durchdenken und ihnen dadurch den Schrecken zu nehmen. Aber es kam doch wieder absolut anders als er es sich erdachte und da machten ihm die Regeln des Lebens doch wieder einen Strich durch seine Rechnung.

Dein Kopf macht es erst zu einer falschen oder richtigen Entscheidung.

So wurde er zu einem ewigen Zweifler an sich selbst. Da er es nicht akzeptieren konnte, dass es halt einfach passieren musste. Nein, er suchte die Fehler immer bei sich, war sich sicher, sie gemacht zu haben und sah sie dann auch.

Rolf

„Wie hat ihnen der Film gefallen", hörte er sich fragen.
„Ich fand ihn ganz interessant, aber sie haben mir ein teilweise stark gelangweilten Eindruck gemacht."
„Ich glaube", wie sollte Rolf sich jetzt hier herausreden? „Ich glaube ich habe mir etwas zu viel von diesem Film versprochen. Er konnte mir doch nicht das geben, was ich mir erhofft hatte."
„So, was haben sie sich denn erhofft?", wollte sie wissen.
'Ich wollte dich gerne in meine Arme schließen', dachte er aber sagen konnte er es ihr natürlich nicht. Udo war sich sicher, sie wollte gar nichts von ihm, es gab auch keinen Hinweis, den er als Interesse von ihr, an ihm sehen hätte können.

Sie war mit dir im Kino, wieso ist das für dich noch nicht Zeichen genug? Was muss sie noch machen? Dir um den Hals fallen, dich um deine Liebe anbetteln? Komm, wach auf.

„Ich wollte nur etwas Neues sehen, etwas das mich auf neue Ideen bringt", sagte er zur ihr. „Aber der Film heute, kaute nur das oft gesehene wieder und dies auch nicht besonders gut."

„Gut da mögen sie Recht haben, aber ist ein Sonnenuntergang weniger schön nur weil sie ihn schon so oft gesehen haben?"

„Nein natürlich nicht, ein Sonnenuntergang ist jedes Mal aufs Neue aufregend schön, aber doch nur weil er einer ständigen Wandlung unterworfen ist. Sie können…"

„Hören wir auf mit dem Siezen", schlug sie vor.

Rolf war überrascht, wie konnte sie es nur wagen ihn zu unterbrechen, sie hätte ihn wenigstens aussprechen lassen können, obwohl er sich über das Angebot natürlich sehr freute.

„Gut jetzt wissen wir von einander die Vornamen, aber wo war ich stehen geblieben?"

„Sie können"

„Sie können......ahh, ja genau, ich weiß es wieder. Du kannst niemals ein und denselben Untergang mehrmals sehen, außer sie haben ihn aufgezeichnet. Damit sind sie jedes Mal aufs Neue ein Zeuge der Einzigartigkeit."

„Gut du spielst auf die Sensibilisierung an, aber geht das nicht bei einem Film genauso. Jeder Film ist doch auch einzig. Wenn einem das Hauptgefühl eines Films sehr gut gefällt, dann will man dieses Gefühl so oft wie möglich spüren, die Handlung und die Schauspieler werden nebensächlich. Und man ist bereit, sich immer wieder das gleiche grobe Strickmuster anzusehen. Du hast ja auch ein definiertes Strickmuster mit deinen Sonnenuntergängen." Sie machte eine Pause und die Erwartungshaltung zahlte sich aus.

„Ja echt? Welches?"

„Den Tagesablauf. Den ewig gleichen Tagesablauf von Sonnenaufgang, den Tag über Helligkeit und dann einen mehr oder weniger interessanten Untergang.

„Da mögen sich unsere Empfindungen über die Einzigartigkeit unterscheiden. Wollen wir bei mir noch einen Kaffee trinken?"

Wie passte jetzt diese Frage in das Schema der Einzigartigkeit? Er war es nicht der diese Frage gestellt hatte, es kam einfach aus ihm heraus, konnte nichts dagegen tun. Es war einfach Rolf.

„Ja gerne doch, aber gehen wir doch lieber in ein Café", sagte sie und begannen ein langes, nur von sehr wenigen kurzen Momenten des Schweigens unterbrochenes, Gespräch.

Ihr scheint euch ja gut zu verstehen, nützt diese Möglichkeit.

Udo

Er liebte es, sich mit ihr zu unterhalten, wurde eins mit den gesprochenen Worten, fühlte wie das Selbstvertrauen in ihm stieg und da war es ihm eine Genugtuung zu sehen, wie sich ihre Blicke mit Zuneigung, für ihn und Gefallen, an ihm füllten. Sie gingen also in ein Café und tranken, er einen Cappuccino, sie einen Milchkaffee, mit freudigen Gefühlen, bedacht darauf was noch folgen könnte.

Und dieses was noch folgen könnte, reizte Udo so stark, aber nicht das was Rolf an dieser Situation so übermannen würde, sondern die Aussichten sein Ego zu befriedigen.

Udo würde sich am liebsten vor ihr Aufbauen, wie ein Gorillamännchen vor seinem Weibchen und mit beiden Fäusten auf seine Brust schlagen, so dass alle es sehen konnten und anschließend wissen würden, sie gehörte zu seiner Herde. Die Tatsache das sie objektiv auch noch richtig gut aussah, man hätte sie vertauschen können mit einem Mädchen aus den tausend Magazinen, die einen auf gewisse Frauentypen eichen wollten, verstärkte dieses Gefühl bei Udo noch mehr.

Stolz.

Ja, jeder musste ihn dabei anschauen, wie er mit dieser Frau hier saß und Kaffee trank. Er hatte sie noch zu nichts gedrängt oder eine Entscheidung erzwungen, da es Udo ja auch einfach reichte, hier mit ihr nur zu sitzen und von allen, die um sie saßen, als der Freund, gesehen, betrachtet und bewundert zu werden. Aber das Beste war ja, sie war wirklich mit ihm hier an diesem Tisch, zusammen, Udo konnte es nicht glauben. Mit ihm hier, der für zwischenmenschliche Beziehungen nicht geschaffen war, geschweige denn für Liebe, so wie er dachte. Liebe, dass hörte sich so lustig an, besonders als er sie ansah und versuchte sie mit diesem Wort zu verbinden, sehr unglaubwürdig.

Rolf

Je mehr er über dieses Wort und sie nachdachte, desto besser passte es zusammen. Ging den Weg von dem bloßen hübschen Anblick, über die ersten Überlegungen, hin zu den großen vor freudigem Empfinden der Gefühle, die da sein konnten.

Udo

Konnte er sie kontrollieren? Würde er sie in Bahnen drängen können, würde sie sich überhaupt zwängen lassen von ihm? Und wie würde er dabei dastehen?

Rolf

Und da gingen sie den Weg. Den Weg über die Heide des Herantastens, hin über die Brücke des Kennenlernens, über den Grat des Ausprobierens, quer durch den Wald der Unsicherheit, gefolgt von dem Aufstieg zur Klarheit und Leidenschaft, hängend an der Wand, durch nichts geschützt vor dem Absturz. Die Vernunft setzt aus auf diesem Weg und macht Platz für einen heißen Sturm, einen Sturm der allbekannten Gefühle ohne Worte. Und wenn man den Gipfel erreicht, dann hat man den kurzen Einblick in eine Welt mit der Monarchie des Glückes.
Rolf hatte diesen Einblick und gab sich auf in einem Schrei.
Und nun konnte es wirklich nichts mehr besseres geben als hier zu sein.

Lou

Und da schaute er auch mal wieder vorbei. Denn er war der wahre Glücksmoment und sein Auftritt war nun fällig.
GGGGGGLLLLLLLLLÜÜÜÜÜÜÜÜÜCCCCCCCCCKKKKKKKK!!!!!!!!

Udo

Ihre Augen, die ihn ansahen, sprachen eine Form der Bewunderung für seine Person, aus. Waren es seine Finger, aus denen diese Bewunderung wuchs? Seine Finger, die über, auf und in ihrem Körper waren. Oder war es seine Erscheinung? Sein Charakter? Sein Körper? Sein Wissen? Seine Art sich zu unterhalten? Seine Weise mit ihr umzugehen?
Er wusste es nicht, wollte sie aber auch nicht danach fragen. Er freute sich einfach daran und war glücklich.

Rolf

Und als er sie so liegen sah, ihre Haut spürte, merkte wie unter seiner Hand, ihre Brust dem Atem folgte, da wusste er für was er lebte.
Rolf wusste nun nicht mehr wie es zu dieser Situation gekommen war und eigentlich war ihm das auch vollkommen egal. Er spürte nur den Moment und vergaß wer er war, vergaß wer sie war, vergaß seine Vergangenheit, vergaß auf welcher Welt er lebte, vergaß was ihm wichtig war, denn er spürte sich leben und er existierte ja nur allein darum, weil er für dieses Glücksgefühl leben wollte. Da wusste er sein ganzes Leben lag in diesem Moment.

Das Schweben über allen anderen

Udo

Bildete er sich diesen Blick der Dankbarkeit von ihr jetzt ein oder war es Realität? Ja dieser Blick erreichte ihn von einem Gipfel und gab ihm die Erlaubnis sich als etwas Besonderes zu fühlen
Und nun konnte es wirklich nichts mehr besseres geben als hier zu sein.

Lou

W.A. Mozart
Requiem

Und er freute sich schon auf dieses Ereignis, seitdem er das erste Plakat gesehen hatte, welches auf das Konzert aufmerksam machen sollte. Lou löste eine Eintrittskarte und setzte sich auf seinen Platz. Er war einer der ersten, die den Dom, in dem es stattfinden sollte, betraten. Letter 10, es war ein Stuhl auf der Galerie, zwar nur auf der Seitengalerie und relativ weit hinten, aber er hatte somit keinen der störend vor ihm sitzen würde. Der Dom begann sich anfangs langsam und gemächlich, dann immer flotter und zügiger zu füllen, ihn ergriff dabei eine selten gespürte Vorfreude auf dieses musikalische Ereignis. So sah er sich das Programm an, welches er gekauft hatte, wollte schauen wer die Sänger waren und wer im Orchester saß und nach sonstigen Besonderheiten. Obwohl er eigentlich überhaupt keine Ahnung von Musikern hatte, die Namen würden ihm absolut nichts sagen, trotzdem war er doch irgendwie interessiert an ihnen. Er war gespannt, wie der Chor mit dem Orchester zusammenspielen würde und ob es ihm irgendetwas bringen könnte dies zu hören, außer der Tatsache, dass Mozart in dieser Musik stecken würde.

Er hoffte ja immer noch auf ein Ereignis, dass ihn herauszureißen vermochte aus seiner gefangenen Situation. Aus dem Gefängnis des ewigen Verlangens nach neuem, wahren Glück.

Aber die Menschen, mit denen sich der Dom nun füllte, zu beobachten und Geschichten über sie auszudenken, war für ihn im Moment Beschäftigung genug und so verpasste er den Anfang des Stückes, fand sich wieder in einem Chaos der Töne. Er musste sie erst ordnen, ordnen zu Musik, als er sie hatte ging sie ihm aber nicht mehr verloren. Dies geschah nach der ersten Steigerung der Lautstärke. Dann der Einsatz der Sänger, schöne tiefe Stimmen, wunderbare Kombinationen der Töne, dann die Frauen, das Verbindungsstück der Instrumente mit dem Gesang der Männer. Die erste Frau allein. Die Stimmigkeit. Der Chor übertraf dieses Frauensolo. Die Verteilung der Instrumente. Pause. Männer. Frauen. Alles. Welle der Frauenstimmen eingefangen von den Männern, sich wieder auf und davon

gemacht, eingeholt, gemeinsam glücklich. Eine schöne einprägsame Komposition der Töne. Er merkte diese Musik war etwas mehr.
Steigerung -
gemeinsamer Höhepunkt -
kurze Ruhe -
Kyrie -
Da glaubte er Töne zu hören die nicht von Mozart sein konnten -
Da war er wieder -
Es stimmte alles -
Die Leute klatschten nicht -
war es höflich zwischen den Einzelteilen nicht zu stören? -
Ein Mann allein -
Solo -
Es war Mozarts Ende -
Alles war ja nicht von ihm -
es wurde nur ergänzt von irgendeinem Nachkömmling -
Frauensolo überstimmte den Mann -
Er begann in seinem Programm zu blättern -
Nachdem Mozart seinen Dienst beim Salzburger Erzbischof Hieronimus Colloredo gekündigt hatte und nach Wien übergesiedelt war, schrieb er nur noch drei kirchennmusikalische Werke, darunter sein letztes Werk überhaupt, das „Requiem", an dem er noch auf dem Sterbebett arbeitete und das er dennoch unvollendet hinterließ. Wusste er es doch **Ein geheimnisvoller Unbekannter, wie sich später herausstellte, war es ein Musikenthusiast namens Franz Graf von Walsegg-Stuppach, hatte das Werk bei Mozart bestellt.**
Egal wer es war, es war sein Tot -
Pause -
kein Klatschen, langsam fand Lou es merkwürdig. -
Donner des Gesangs -
Instrument -
Gesang abgeschwächter –
Wieder Donner -
Ein herrlicher Donner -
Das Weltall entzündete sich über ihren Köpfen -
Pause -
Jagdeinsatz -
Solo eines Sängers -
Laut erklingt die Posaune -
Sie wird die Toten aus den Gräbern zum Throne zwingen -
Man spürte den Tod in sich sitzen, wenn man dieser Musik lauscht -
Angst überkam ihn -
Fühlte sich als würde sein Lebensbuch aufgeschlagen und die Richter überprüfen jede Schuld von ihm -
Nichts könnte er vor ihnen geheim halten -

sie wüssten alles -

Keiner kann vor der Strafe flüchten -

Pause -

Welche Schuld , welche Strafen? Vor was sollte er Angst haben? Er hatte niemanden etwas getan, außer sich selbst, dass zwar zu genüge, aber es war nur er selbst, er konnte und wollte, musste diese Verantwortung übernehmen. Aber konnte es etwas geben das er vergessen hatte, irgendetwas was er getan hatte und wofür er die volle Verantwortung zu übernehmen hatte? Vielleicht die Kinder mit denen er Fußball gespielt hatte, seine Freunde, er hatte sie alle verlassen, nicht räumlich, nein geistig und das war schlimmer -

Pause -

Seichter Beginn -

Einsatz der Streicher -

Leiser Einsatz des Gesangs -

Stärker werden, lauter -

Alleine -

Instrumente -

Gemeinsam -

Streicher -

Sehr seichter Gesang und seine Gedanken entfernten sich von dem Stück, flogen in der Kirche auf und ab, begleitet durch seine Augen trafen sie eine Büste die über dem Chor hing und er fragte sich, ob dies ein echter Kopf sei, denn er hatte eine verblüffende Wirkung auf ihn. Es sah so aus, als wäre es ein Kopf der aus der Wand kam und nur kurz in diesen Raum schaute, vielleicht aus einer anderen Welt. Wieso konnte ein Steinkopf diese Wirkung des Wahrhaften auf ihn haben und warum hing dann dieses Meisterwerk hier an einem Platz, völlig unbeachtet von der Kunstwelt. Es sollte doch bewundert werden als das wahrhafte Kunstwerk. Das Einmalige und nie für möglich gehaltene, war da. Oder konnte nur er es sehen?

Wer war er? War nicht nur Andreas fähig dies zu erkennen? Aber er war doch Lou Ja, er war noch da.

Doch dann

Confutatis Maledictis

Sang der Chor und er erschrak.

Flammis acribus addictis

Er hatte keine Ahnung was diese Worte bedeuteten. Aber er spürte Wahrheit in ihnen.

Und so sah er in sein Programm, wo der Text abgedruckt und übersetzt war.

„Wird die Hölle ohne Schonung

Den Verdammten zur Belohnung"

Er spürte diese Worte in der Musik, denn die Worte waren Musik und die Musik waren Worte. Denn der Sinn der Worte war die Musik und der Sinn der Musik waren die Worte.

Und als er dies spürte dachte er sich, genug erkannt und sprang bei dem Nächsten Confutatis von der Galerie, verließ damit diese Welt.

Gere curam mei finis

Sel´ges Ende mir verleihe.

Max

Er ging aus dem Konzert, glücklich und gelöst, denn die Musik hatte das verbracht, was er noch nie, für sich, so richtig geschafft hatte.

Er war alleine.

Das wahre alleine sein, hieß für ihn keine Gedanken, keine Probleme, keine Gefühle, in einem Moment vereint. Dies bedeutete mehr als nur das Einsam oder das nicht erwünscht sein, dass Wort aber, welches für ihn sein jetziges Gefühl richtig umschreiben konnte, gab es eigentlich nicht. Es war ein herrlich wortloses Gefühl, aber absolut nicht einsam in seiner gewöhnlichen Bedeutung. Denn er war allein und doch ganz umgeben von der Musik, den Gefühlen die sie hervorgerufen oder vielmehr gelöst hatten ebenfalls zu wissen in ihr etwas erkannt zu haben. So fühlte er sich, als ob er einfach durch die Musik gegangen war und sie ihn so benutzen konnte, benutzt hätte für einen höheren Zweck den man nur spüren konnte nie bestimmen. Da war er dankbar, dies erkennen zu dürfen. Nur dankbar an wen? Wer war es, dem er für diese Gefühle dankbar sein sollte, wie wichtig war es eigentlich dies zu wissen. In dieser Art aber verbohrte sich Max oft mit seinen Gedanken im Unwichtigem.

War Per nun mit Hilfe der Musik absolut alleine und war er damit Max.

Wusste, fühlte, es war er, Max der hier in ihm steckte und seine Gefühle preisgab. Das was er auf ewig erstreben wollte hatte er wieder für einen Moment erreicht, er erkannte sich, seine Umgebung und die Zeit.

Dieses Gefühl war etwas nach dem er schon sein Leben lang suchte, es war ihm eigentlich nie so richtig bewusst geworden, aber nun sah er es. Das wahre allein sein, er hatte es erreicht und keiner konnte ihm diesen Augenblick mehr nehmen. Und da dachte er sich warum weiterleben, warum weiter dieses Leben ertragen und warum weiter sich diesen Schmerzen ausgeliefert sehen? Warum nur wissen das sein ganzes Tun für die Katz ist und er nie auch nur irgendwann irgendetwas leisten könnte, dass länger als ein paar winzige Momente der Erdgeschichte anhalten würde, nur ein Wimpernschlag in der Ewigkeit.

Was hat Ewigkeit mit deinem Tun gemeinsam? Die Ewigkeit ist für dich nur der Ausdruck für alles, dass du eh nicht verstehst.

Aber auf der anderen Seite war er fähig, oder glaubte sich zumindest als talentiert darin, die Ewigkeit zu spüren. Die Ewigkeit zum Beispiel in der Musik von Mozart, er spürte sie und sah sich ihr absolut machtlos gegenüber. Denn er wusste, dass er es einfach nicht konnte, den Moment so in scheinbare Ewigkeiten zu ziehen und deshalb verschwand das wahre allein sein natürlich sofort wieder, wurde verdrängt durch die Schmerzen der Einsamkeit. Aber er wollte nicht mit ihm mitgehen, wollte hierbleiben und auf den nächsten Moment warten.

Da spürte er Rolf, der natürlich auch in diesem Konzert war, aber genauer zu erkennen gab er sich ihm erst jetzt, als sich Max verabschiedete.

Rolf

Es gibt Tage, die würde er am liebsten sofort aus seiner Erinnerung streichen, dieser Tag gehörte eindeutig dazu.

Aber er wusste, dass dies das Schlimmste wäre, was er hätte machen können, Erinnerungen aus seinem Gedächtnis streichen. Denn mit der kompletten Löschung von Ereignissen aus seinem Denken würde seine Person als solche nicht mehr existieren. Nur die Erfahrungen, die er aus solchen Ereignissen mitnahm, konnte ihm behilflich sein, auf seinem Weg zum unbekannten Ziel.

Warum war es heute nicht sein Tag gewesen? Was gab ihm die Gewissheit, es könne heute schon wieder nicht sein Tag sein? Nur weil er bis zu diesem Zeitpunkt noch keine Frau, die ihm gefiel sehen konnte, denn er bildete es sich ein, je mehr hübsche Frauen er an einem Tag sehen konnte, desto besser war dieser dann am Ende auch?

Den Aberglauben, den du hier entwickelt hast, ist einmalig. Einmalig dumm. Aber wenn du mit ihm leben kannst und es dir was bringt, dann bitte.

Diese Fragen stellte er sich andauernd, somit hoffte er auch irgendeine Antwort finden zu können, damit die zukünftigen und vergangenen Ereignisse besser verständlich wären für ihn. Einen Sinn in ihnen zu sehen und dadurch immer einen Lösungsweg für sein Dasein bereit zu haben, nach dem er leben konnte. Dies war sein Traum, ein Traum seinem Leben einen perfekten Schliff zu geben, so dass nichts darin falsch laufen konnte.

Dieser, dein perfekter Tag wäre auf Dauer auch perfekt langweilig.

Dabei würde ihm dann der absolute, einzige Sinn am hier sein aufgehen. Er stellte sich den „Aufgang des Sinnes" immer so schön bildlich vor, wie das Erscheinen der Sonne vor einem perfekten Tage.

Ja, ja „perfekter Tag", gib nicht den Tagen die Schuld an deinem Versagen.

„Perfekter Tag, was konnte dies eigentlich heißen", dachte er. Konnte es dies überhaupt geben, war es möglich einen Tag zu erleben an dem alles stimmte? Er zweifelte daran.

Oder war dies alles nur ein Fehler seiner Weise die Dinge zu betrachten, einfach des falschen Standpunktes?

„Wann würde ein Tag wohl in die Nähe der Vollkommenheit geraten", und als er dies dachte wieder die Frage: „Oder ist dies überhaupt möglich erreicht zu werden?" Es konnte doch alles auch nur ein Geheimnis der Betrachtung sein und von der richtigen Seite gesehen, wäre dann alles richtig.

Er wusste es nicht, konnte es nur hoffen, denn es wäre ihm so wichtig gewesen, wenn er dies schaffen würde, aber er war sich nicht einmal mehr über die Möglichkeit sicher.

Es war Tatsache, dass er immer,wenn er über dieses Thema in Gedanken fiel, sich dabei so, in dem Labyrinth der lebenden Geheimnisse verirrte, dass er von selber nicht mehr herausfand und nur noch auf ein Ereignis, dass ihn bei der Hand nahm hoffen konnte, welches ihm zeigte wo es lang gehen sollte.

Er dankte ihm als es kam.

Es nahm, wie so oft, wenn es kam und er es brauchte, die Form einer Frau an die ihm gefiel. Es war doch immer wieder erstaunlich wie ein paar Sekunden darüber entscheiden konnten ob der Tag nun in positiver oder in negativer Erinnerung blieb. Wie sich das auch über Tage hinziehen konnte, besonders wenn es was mit Frauen zu tun hatte. Da wurde er von den optischen Reizen die er sah überflutet, brauchte sich über dieses Thema keine Gedanken mehr zu machen, denn es war gelöst mit einem Blick von ihr.

Per

Phantastisch, dass dies so einfach möglich war. Es war nur dieser eine Blick, dem er ein Interesse an ihm abnehmen konnte, der ihn wieder auf der Welle schwimmen ließ. Da wusste er nun der Weg, der aus dem Labyrinth führte, würde genau so einfach sein und freute sich unsagbar ihn zu suchen und irgendwann finden zu können, denn das konnte er mit Sicherheit wie er nun genau wusste.

Was gibt ihnen die Sicherheit den Sinn eines Tages zu finden?
Ich denke es einfach in mir spüren zu können.

Wie glauben sie dies spüren zu können?

Arne
Rolf
Udo: „Wenn ich eins werde mir allem was mich umgibt, vor allem mit mir selbst."

Max
Stefan
Paul: „Wenn die Aktionen meines Körpers mit den Denkweisen meines Gehirns übereinstimmen."

V. Die gemeinsame Bergwanderung

Arne

Die nächste Aufgabe war, er sollte bei einem Betriebsausflug, seinen Kollegen der Bergführer sein.

Nicht, dass er dies erlernt hätte, oder besonders viel wusste über die Berge, nein seine Firma hatte einfach jemanden gesucht, der diese Aufgabe zu übernehmen bereit war. Es gehörte natürlich etwas Einsatz und Verantwortung dazu, aber diese übernahm er gerne und fühlte sich wohl dabei. Er musste sich eine Bergtour ausdenken, die zwei Tage in Anspruch nehmen sollte, genau ein Wochenende und nicht zu schwierig sein durfte, da es ja nur ein bequemer Betriebsausflug, mit lustigem Beisammensein und kein Konkurrenzkampf werden sollte. Dann musste er sich absprechen mit den Kollegen die mitfahren wollten, um es alles anschließend bei seiner Firma vorzulegen, um die Bestätigung dafür zu erhalten.

Er machte sich sofort an die Arbeit, denn er wollte das Beste geben was er konnte, außerdem hatte er bei der Organisation dieses Ereignisses, wieder viel Spaß.

Zuerst musste er die Kollegen aus seiner Firma darauf aufmerksam machen, dann wollte er die Leute gemeinsam zusammenbringen, einen Vortrag halten, ein gemeinsames Gespräch stattfinden lassen. Dort konnte jeder seine Wünsche und Vorstellungen offen los werden. Arne wollte sie dann wieder mit einfließen lassen, bis ein komplettes Endkonzept entstanden ist und dadurch den reibungslosen Ablauf des Ganzen garantieren würde.

Ja, mach aus einem kleinen Ausflug wieder die Welt für dich.

Wahrscheinlich hatte er es etwas übertrieben, denn es waren eigentlich nur acht Leute in seiner Firma angestellt, von denen zwei zurzeit nicht da waren, zwei Probleme daheim hatten und so nicht mitfahren wollten, wie sie meinten. Einer hatte an diesem Wochenende etwas anderes vor, wobei für Arne natürlich klar war, dass er nicht mitfahren wollte und dies nur erfunden hatte, damit er sich gut aus der Affäre ziehen konnte.

Das hätte Arne nie gemacht und ließ ihn ein wenig zweifeln an sich selbst. Denn er brauchte ja seine Bestätigung, von anderen.

Und so konnte Arne, an dem Abend der Organisation, nur zwei Kollegen begrüßen. Es wurde im Grunde auch kein Abend, so wie er es sich gedacht hatte. Nein, es war nur ein kurzes anschauen von Reisevorbereitungen, die er getroffen hatte, dann ein ebenso kurzes wie emotionsloses Gespräch über die organisatorischen Dinge und danach ging jeder wieder seinen eigenen Weg.

Sie hatten eigentlich keine große Lust mitzufahren, wären aber sonst allein gewesen.

So richtig ergab sich alles erst mit der Zeit und den Änderungen.

Udo

Wie die zwei Tage, mit den Geschäftskollegen, wohl werden würden, fragte er sich die ganze Zeit über, als er zu dem vereinbarten Treffpunkt ging. Wie würde er am Ende des Ausfluges, wohl vor seinen Kollegen dastehen? Zwei Tage, ständiges beisammen sein, konnte ihnen die Schwächen, von einem nur allzu deutlich zeigen und davor hatte er Angst. Denn niemand durfte seine Schwächen erkennen, geschweige denn sehen. Er wollte am liebsten alles rückgängig machen, war soweit sie zu fragen, ob er nicht daheimbleiben konnte, oder vielleicht sollte er einfach gar nicht kommen, sich einfach hinterrücks absetzen. Udo fühlte sich überhaupt nicht wohl in seiner Haut. Warum nur fuhr er mit? Er wusste es noch nicht, aber seine unbewussten Gedanken, die ja über ihn herrschten und die er nicht besiegen konnte, entschieden sich dementsprechend.

Der direkte Wettkampf mit zwei seiner Kollegen, der entscheiden wird wie die Zukunft ausschauen wird. Wie du dastehen wirst.

Der Ausflug sollte ja nur dafür gut sein, damit er sich vor seinen Kollegen herzeigen und sich bewundern lassen konnte, zu was er alles fähig war. Aber zu was war er eigentlich fähig? Was wäre besonders bewundernswert an ihm gewesen? Wieso gab ihm das bewundert werden einen Sinn am Leben zu bleiben?
Das konnten die Anderen einfach nicht sehen, wie wichtig es für ihn war, sich profiliert zu wissen. Aber er begann langsam zu verstehen, dass dies das Einzige war, was ihm so wirklich wichtig war an diesem Ausflug.

Selbstzufriedenheit durch Bewunderung

Er wollte, am Ende, nur gut vor ihnen dastehen. Udo war bereit dafür fast alles zu unternehmen, es gab nichts, dass ihm wichtiger war.

Rolf

Es würde ihm guttun, die gemeinsame Bergwanderung mit seinen Arbeitskollegen. Die Berge hatten für Rolf so etwas Beruhigendes in ihrer Dimension, Erscheinung und ihrem Material, dass er einfach nur sehen und erkennen mochte, so sich gerne dabei ihnen hingeben wollte. Diese Wirkung brauchte er jetzt, denn er fiel wieder in eine Grube, ein Loch, welches gefüllt war mit den negativen Erinnerungen der letzten Nacht. Aber die Erinnerungen machten nicht halt vor der letzten Nacht, nein sie schossen zurück auf sein ganzes Leben.

Es begann alles so schön mit ihr, es war Harmonie, in allem Harmonie, wie sie sich in ihren Blicken vereinten. Harmonie, die er in ihren Küssen zu spüren glaubte. Jedoch wusste er von Anfang an, mehr konnte es nicht geben, mehr würde das Erwachen aus diesem Traum noch schwerer machen. Er wusste es, war aber nicht fähig nein zu sagen als es kam und da war es auch wieder, der eine kurze Moment der ihn nicht mehr los ließ. Die höchstens ein paar Sekunden anhaltende Ewigkeit, die ihm scheinbar mehr geben konnte als 100 Jahre bloßes vor sich da hinleben.

Ja, ja der Moment. Der göttliche Moment. Einmal gesehen und weg ist er.

Was würde sein, wenn die Verliebtheit wieder weg ist und die bösen Schwingen des Alltags kamen? Es würden wirklich negative Gefühle sein die da kommen werden, er wusste es, denn er hatte dies schon oft erlebt. Obwohl er immer noch hoffte, die eine einzige Richtige für ihn, für immer zu finden. Eigentlich hatte er es aber schon abgeschrieben, wollte sich nur noch von einem Augenblick in den nächsten hangeln. Sich schwingen, mit den Lianen des Glückes, die alte mit einem Aufschrei loslassen um sich an der neuen befriedigt auf zu fangen. Um so alles positiv und negativ Erlebte voll spüren zu können. Das Gespürte somit ganz in sich aufsaugen, sein Körper und Geist voll zu füllen mit den unbeschreiblichen Gefühlen aus der Karaffe des Glücks.

Vielleicht, dachte er, müsse es so etwas geben wie ein Plus, Minus, Null an Gefühlen, am Ende jedes Leben. So dass man negative Erlebnisse mit positiven zurückbekommt, aber man auch positive mit negativen bezahlen musste.

Ist das nicht eine Beleidigung für das Leben, oder ist das seine wunderbare Einfachheit, denn am Ende ist einfach alles gleich null.

Sein Körper und Geist waren angestaut mit negativen Gefühlen und so hoffte er, dass ihn dieses Wochenende wieder auf andere Gedanken bringen könnte.

Ist der eine Körper die Firma aller?

Arne

Es hatte einen guten Anfang genommen und Arne konnte zufrieden sein mit seiner Art diese Sache anzupacken. Er konnte sich schon lange nicht mehr in dem Maß spüren, wie er es nun gerade fühlte. Ja, er, Arne hatte alles geplant, sich erarbeitet, dabei großartig gefühlt, alles wieder geändert, sich abgesprochen, sich unsicher gefühlt, alles in Händen gehabt, nicht gewusst,ob es klappen könnte, alles abbrechen wollen, wieder selbst nach oben gezogen, zum Treffpunkt gegangen, Leute langsam kommen sehen und sich gefreut auf ein Gelingen.

Ja, das war er, der Organisator. Dominator.

Sie hatten sich alle pünktlich an dem vereinbarten Ort getroffen und waren gemeinsam losgefahren. Arne ging voll auf bei der Möglichkeit sich als Leiter der Gruppe darzustellen, er war es ja auch. Er machte dies auch die ganze Fahrt über zu seiner Hauptaufgabe. Alle hörten auf ihn, wollten mit ihm reden, waren gewillt nahezu alles zu tun was er sagte. Könnte er jetzt hier anfangen zu befehlen? Oder tat er es schon, in gewisser Weise?
Sie waren also zu dritt auf diesen Ausflug gegangen, eigentlich zu wenige wie Arne dachte, aber er war froh das es überhaupt stattfinden konnte,
und er sich nicht umsonst die Mühe gemacht hatte. Er konnte nun auch etwas in sich spüren, dass dem Ausdruck „Stolz sein", am nächsten kam. Ein schönes Gefühl. Je mehr er von sich hineinsteckte in diese Sache, umso besser war das Gefühl, als er den Erfolg sehen konnte. Denn es war seiner. Sein eigener.

Natürlich umso stärker auch der Schmerz, wenn es schief gehen würde.

Eigentlich war es doch eher so, dass es ihm nie gelang, etwas zu verwirklichen, was er anpackte. Es begleitete ihn immer die gegenwärtige Tatsache des Misslingens und nun freute er sich natürlich um so mehr an den Momenten die in Ordnung schienen.

Das „in Ordnung scheinen", ist ja nur abhängig von deinem Winkel des Betrachtens, auf die Dinge die du beurteilen möchtest. Selbst das ständige Versagen hat eine angenehme Sicherheit.

Udo

Er fragte sich, wie es ihm möglich war an diesem Ausflug teilzunehmen, hatte er es doch geahnt, was Arne für ein krankhaftes und übertriebenes Verhalten mit seiner Organisationswut an den Tag legen würde.
Aber darüber musste er nun einfach hinweg schauen, da das Wichtigste für ihn ja darin bestand, eine Verbundenheit mit den Bergen und der Natur zu spüren.

Sei ehrlich zu dir selbst, denke dir keine Lügen aus die sich gut anhören und dich beruhigen

Aber darüber musste er nun einfach hinweg schauen, da das Wichtigste für ihn ja darin bestand sich als der Beste, körperlich fitteste, am einfachsten mit der Situation Klarkommende, zu fühlen.

Genauso ist es. Gut

So verdrängte er das Vorhandensein dieser negativen Gefühle gegenüber Arne, wollte ihn nur in einem fairen Wettkampf besiegen.
Sie begannen nun also gemächlich an zu gehen, da Arne zu der Gruppe sagte sie sollten langsam gehen, um auch im steileren Gelände mit demselben Tempo weiter wandern zu können und so keine unnötigen Pausen machen zu müssen.
`Aber auf unnötige Pausen können wir auch verzichten, wenn wir mit einer schnellen Geschwindigkeit die ganze Zeit durchgehen ´, meinte Udo zu wissen,
`das Wichtige ist nur das Durchhalten des gleichen Tempos ´.
`Ja das mag schon stimmen ´, daraufhin Arne,
`aber sie wären hier doch nicht in einem Rennen und das genießen ist für mich wichtiger als das sportliche Bezwingen des Berges ´.
`Nein ein Vergleich der Leistungen wäre vollkommen fehl am Platz ´, brachte auch Rolf seine Meinung mit ein.
`Ach kommt ihr wollt doch nicht sagen, es wäre für euch alles, dass ihr nur die Natur genießen könntet? Wir sitzen die ganze Woche im Büro, da will ich an meinen freien Tagen bis an meine Grenzen gehen. Sehen wo ich stehe. Also kommt, ein bisschen schneller. ´
`Nein wieso schneller ´, wollte Arne wissen,
`es geht doch wunderbar voran. Aber wenn du an deine Grenzen gehen willst, was ich sehr schade fände, dann kannst du ja voraus gehen. ´
Aber das wollte Udo nun auch nicht, denn dann wäre er alleine für sich und darauf hatte er im Moment keine Lust.

War Stefan doch dabei?

`Na gut dann gehen wir halt eure Geschwindigkeit ´, bemerkte er eingeschnappt

Rolf
Es war ein warmer, mit Sonnenschein nur so überfluteter Tag, in den sie sich hier begeben hatten. Er war von einer gelben Intensität erleuchtet, wie sie Rolf glaubte noch nie gesehen zu haben. Dieser Eindruck wurde noch verstärkt durch den Kontrast mit dem königsblauen Himmel, aber trotz dieses Himmels und der intensiv

scheinenden Sonne, konnte man nicht sagen es wäre ein heißer Tag gewesen. Nein er war einfach nur wunderbar warm, so richtig zum wohlfühlen.
Es war der ideale Tag, um auf einen Berg zu steigen und sich von der Landschaft tragen zu lassen. Tragen lassen auf einen unendlichen Gipfel der Zufriedenheit und des Glückes. Rolf sah das herrliche Grün des Bergwaldes durch den sie gingen, hörte die Vögel zwitschern, spürte den seichten Wind, hörte ansonsten nichts, außer das Rascheln der Äste und Blätter, wusste hier war niemand außer ihnen.
Der Wald begann nun aber langsam aufzuhören, denn sie näherten sich der Baumgrenze. Sie waren noch nicht lange unterwegs gewesen und schon an der Baumgrenze angelangt. Dies war nur möglich, da sie mit ihrem Auto weit hinauf gefahren waren, was Arnes Organisation zu verdanken war.

Arne

'Na das habe ich gut organisiert ´, wollte Arne wissen.
Natürlich habe ich das gut organisiert, ich weiß worauf ich mich eingelassen habe. Eine Bergtour von zwei Tagen mit der maximal erreichbaren Anzahl an Höhepunkten, ein auf das genaueste geplanter Ablauf, mit dem Erreichen der Baumgrenze am Mittag des ersten Tages, ohne einen zu schnellen Schritt wählen zu müssen. Die Möglichkeit auf einer herrlichen Brotzeitalm Mittagessen zu können. Die Aussichten auf die Umgebung, das Panorama und die Natur zu genießen, bei einem für die Berge typischen Essen. Um dann weiter zu gehen auf dem Weg zu einer wunderbaren Hütte unter dem Gipfel, und dann dort die Nacht zu verbringen.

Ja, wir sind stolz auf dich.

Udo

Er setzte sich auf die Terrasse der Hütte, welche zwar für einen Ansturm der Touristen gerüstet zu sein schien, aber im Moment nicht gut besucht war, und wartete darauf das die anderen ihm sein Essen brachten. Er war ein wenig außer Atem was ihn doch überraschte. Hätte er es überhaupt hier hoch geschafft, wenn er schneller gegangen wäre, fragte er sich. Na das war jetzt egal, er war hier und das Tal lag zu seinen Füßen. Die Landschaft war einfach wunderbar. Die Haut der Welt in Fels. Die Gedanken des Wassers, in dem glitzernden Strahlen des Bergsees, der so ruhig eingegraben in dem Tal lag. Nichts mehr war zu sehen von der Kraft, die dieses Wasser einst mal gehabt haben musste, in diesem Kessel. So konnte er die Energien der Natur spüren, was verstärkt wurde durch das herrliche Gefühl, des außer Atem seins, dass sich ganz fühlen können in seinem matten, erschöpften

Körper. In dies allem glaubte er es erkennen zu können, dass was er nur manchmal auch in sich selbst spürte:
Eine Vollkommenheit.
Und es war ein unbeschreibliches Gefühl, dass sich in ihm, seinem Geist, ergab.
Es kam ihm so vor, nein er wusste es, alles war mal wieder an der einen genau richtigen Stelle
Er selbst, der Raum und die Zeit.

Rolf

Es war ein gutes Essen, dass sie mittags auf der Hütte bekommen hatten, wobei sie alle satt wurden. Natürlich der Blick über die Landschaft hatte etwas unsagbar Schönes an sich, jedoch war Rolf, zu jenem Zeitpunkt, nicht bereit ihn als solchen zu erkennen.
Nein, Frauen waren auf der Hütte keine. Es war ihm auch bewusst, dass er hier oben kaum die Eine finden würde. Aber doch, vielleicht genau deswegen, hier.
Egal, er hatte den Gedanken zu Ende gedacht, damit die Möglichkeit dieses Ereignisses getötet, nie würde es eintreten. Also konzentrierte er sich auf die Berge, die so monumental seine Gedanken einnehmen konnten. Da war er wieder, der Blick der Erkenntnis. Es waren also nicht nur Frauen in seinem Kopf.
Er erkannte es jetzt, auf dem Weg zur Hütte wo sie übernachten wollten, und er sah:
Eine Vollkommenheit.
Und es war ein unbeschreibliches Gefühl, dass er an diesem Ort hatte.
Es kam ihm so vor, nein er wusste es, alles war mal wieder an der einen genau richtigen Stelle
Der Raum, er selbst und die Zeit.

Arne

Der Blick auf seine Uhr zeigte ihm, wie wunderbar sie in der Zeit lagen und dem Sonnenuntergang, auf einer Terrasse beim Abendessen, nichts mehr im Weg lag. Sie brauchten ja nur noch die Hütte, für ihre Übernachtung zu erreichen. Das alles war ihm zu verdanken. Ja, er hatte sich so reingehängt, in diese Planung, er hatte alles bedacht, er brachte das Ganze in eine Form und nun mit dem nahenden Schluss des ersten Tages, der so wunderbar zu werden schien, gab er ihnen diesen göttlichen Schlussakkord.

Es waren die scheinbar glücklichen Gesichter seiner Kollegen in die er sah und dabei wusste Arne, dass er es war, welcher dies hervorgerufen hatte, was ihm ein zufriedenes Gefühl gab und er sah in diesem und mit diesem:
Eine Vollkommenheit.
Und es war ein unbeschreibliches Gefühl, dass er in dieser Sekunde hatte.
Es kam ihm so vor, nein er wusste es, alles war mal wieder an der einen genau richtigen Stelle:
Die Zeit, er selbst und der Raum.

Rolf

Und die Türe war geschlossen, auch auf das noch so heftige Klopfen war keine Antwort zu hören. Was das bedeuteten sollte schien klar zu ein, wie sollte es nun weitergehen? Die ausgemachte Übernachtung wird ins Wasser fallen, sie hatten für heut Abend keine Unterkunft, kein Sonnenuntergang beim Abendessen, kein gemütliches Zusammensitzen. Die Frage wo sie heute schlafen sollten, konnte Rolf in allen Gesichtern lesen. Besonders Arne war von dieser geschlossenen Tür getroffen und wankte wie ein Baum, kurz bevor er zum letzten Mal die Axt spürte. Man konnte ihm seine Verzweiflung nicht nur ansehen, nein sie sprang einen an wie ein fauchender Tiger.
`Warum ist diese Hütte nur verschlossen und was können wir jetzt machen´, wollte Rolf von Arne wissen.

Arne

Was habe ich falsch gemacht, was hatte ich übersehen, wieso kann ich nicht perfekt sein?, fragte sich Arne.
Woran lag es nur, dass sie nun vor einer Nacht im Freien, ohne Unterkunft und Essen standen? Wie konnte das nur geschehen?
Er musste seine Kollegen natürlich für den Anfang mal beschwichtigen und versuchen eine Lösung zu finden. Als erstes schlug er vor, sich hinzusetzen und über die neue Situation ein wenig nachzudenken. Dies stieß aber auf eine Flut von verbitterter Gegenrede seiner Kollegen.
Er gab zu wissen, dass er schon eine Lösung für diese Situation finden würde, und den unverzeihlichen Fehler der Bauern ausbügeln werde.
Nun ging Arne alles noch einmal von Anfang an, in Gedanken, durch, als er die Route plante, die Hütte aussuchte, die Bestätigung für die Übernachtungsmöglichkeiten erhielt.
Die Bestätigung.
Wo war sie?

Arne durchwühlte seinen Rucksack nach ihr, denn er wusste sie eingesteckt zu haben. Er brauchte auch nicht lange zu suchen, denn er hatte ja alles gut verstaut, ordentlich und mit System. Er erschrak als er sie lass und den Namen mit dem an der Hütte wo sie waren verglich.

Es war ein anderer.

Sie müssen irgendwo falsch gegangen sein, eine falsche Abbiegung genommen haben, nur wo? Arne hatte doch immer den Weg den sie gingen auf der Karte verfolgt, und laut Karte müssten sie an der richtigen Stelle sein.

Aber sie waren es nicht. Sollte er nun seine Kollegen anlügen und irgendeine Geschichte erfinden, oder solle er die Wahrheit erzählen? Die Wahrheit, wo er als absoluter Idiot dastehen würde. Nein, er ließ die Betreiber der Hütte als die dastehen, welche einen Fehler, den er jetzt auch nicht sehen konnte, gemacht hatten.

Udo

Und als Idiot dastehen das wollte er nicht. Wollte er doch etwas Besonderes sein, wollte unnachahmlich, einzigartig sein und kein Idiot, wie man ja weiß gibt es von denen, auf dieser Welt hier schon genug.

`Es muss ein Fehler der Besitzer sein. Ich habe es hier schwarz auf weiß. Nein es ist kein Fehler, es ist eine absolute Frechheit, von ihnen ´, gab Arne zu wissen, wohl bedacht darauf den Namen der Hütte verdeckt zu lassen. Dies erleichterte Udo, ließ Rolf jedoch völlig kalt, denn er wollte nur heute etwas zu essen und schlafen bekommen, und ihm war es egal wer die Schuld dafür trug.

`Was würdest du sagen wie es weitergehen sollte ´, war Udos Frage an Arne.

Dieser wusste es nicht und schlug vor bis zur letzten Hütte wieder hinunter zu gehen. Es mindestens zu versuchen und schauen, wie weit sie kommen würden.

Udo wollte wissen was passieren würde, wenn die Sonne untergeht, was ja nicht mehr lange dauern konnte, da sie den Himmel schon in ein auffallendes Rot tauchte, nur unterbrochen in seiner charakteristischen Farbigkeit, von ein paar rosa Flecken, welche von den nun frisch aufgezogenen Wolken hervorgerufen wurden. Udo konnte seine Nervosität über dieses Ereignis nicht verbergen, er hatte große Angst und begann sich auszumalen ‚was alles passieren könnte und wie sie vielleicht sterben müssten. Er war nun wieder gefangen, fest verzurrt in seiner geistlich umdornten Gedankenblase des Sterbens. Er dachte oft an das Sterben und was danach sein sollte. Er hatte, so dachte er, keine Angst vor dem Sterben, war absolut bereit sich in dieses neue Kapitel einzufinden. Aber als er hier so vor sich herging, weit über der Zivilisation, sich einer Nacht voller Ungewissheiten gegenüber sah, da merkte er nun doch wieder wie sehr er das Leben liebte und es, obwohl er dachte bereit zu sein für das Ende, es nicht missen mochte und wollte. Keine Sekunde dieses teuren Geschenkes einfach nur so zu vergeuden. Nur was hieß vergeuden, bedeutete es seine Zeit einfach zu verstreichen lassen und dabei nichts Wertvolles entstehen zu lassen, oder sein Leben nur mit unwichtigen Sachen anzufüllen, die es eigentlich nicht wert waren gelebt zu werden. Aber da kam die Frage wieder, was konnte vergeuden, verstreichen und unwichtig, überhaupt bedeuten, für wen oder was unwichtig, wie vergeuden, warum verstreichen. Wer hatte das Recht darüber zu urteilen, wer hatte die Wörter schon jemals auf ihren Sinn geprüft. Hatte sie für uns alle, in einer uns allen gültigen, unverrückbaren Weise definiert. Gab es doch so etwas wie ein Gericht am Ende dieses Lebens welches uns unsere Guten und schlechten Taten aufzählen würden. Wie viele tausend Jahre beschäftigte sich die Menschheit nun mit diesen Fragen und hat immer noch keine Antworten gefunden, neue Erkenntnisse liegen nur im Bereich der Vermutung. War das Recht nicht bei jedem Einzelnen, für sich alleine zu sagen was gut oder schlecht ist für einen ist. Den jeder Einzelne musste damit hier leben können. Warum konnte man dabei nur nie auf einen grünen Zweig der Lösungen kommen, gut man mag sich schon oft in seiner Nähe vermutet haben, wurde aber dann immer wieder und wieder Lichtjahre davon entfernt und man fand sich auf einem Planeten der mit Schutt und Asche, aus der eigenen Persönlichkeit gefüllt war, gefangen.

Rolf

Ihm war irgendwie nicht wohl bei dieser Sache, besonders jetzt als es am Himmel anfing, sich immer dichter mit Wolken zu füllen. Das war so ziemlich das Letzte, was Rolf klar zu erkennen vermochte, bevor es dunkel wurde und er nur noch ungefähre Formen wahrnehmen konnte. Sie tasteten sich nun stolpernd von Fels zu Fels, da der Mond ja auch noch von den Wolken verdeckt wurde, und versuchten einen Unterschlupf zu finden.

Doch ihre Versuche wurden gestört, als es anfing zu regnen und sie nicht mehr fähig waren weiterzugehen. Denn es regnete nicht nur so leicht plätschernd, nein es schoss aus den Wolken herunter, in dicken schweren Tropfen. Also beschlossen sie sich an einen Felsen, der leicht überhing, ein kleines Lager zu errichten und sich mit ihren Anziehsachen zu zudecken. Die Regensachen, die sie ja dabeihatten, Arnes Ausrüstungszettel zu verdanken, benutzen sie um sich ein schützendes Dach, über ihren Köpfen auf zu errichten. Unter das aber natürlich nicht ihre ganzen Körper passsten.

`Worauf habe ich mich da nur wieder eingelassen, ´ kam in Rolf die Frage auf, bevor er einschlief.

Arne

Morgen werde ich versuchen alles wieder gut zu machen, wenn ich kann, dachte er und schlief ein.

Udo

Hoffentlich dachte keiner von Udo er wäre ein Schwächling gewesen, nur weil er gleich einschlief.

Rolf

Es war kein langer oder erholsamer Schlaf gewesen, auf den felsigen Untergrund, aber er musste sein. Er war nass, bis auf die Haut, als er wieder aufwachte und nicht mehr bereit war weiter zu schlafen. Ihre Regenmäntel waren als Dach ungeeignet gewesen und lagen nun zusammen geknautscht am Boden. Er wachte während der Nacht etliche Male aus seinem Schlaf auf, konnte aber immer wieder eindösen, wurde nur verfolgt von dem Schütteln seines Körpers, wenn ihn aufs Neue eine Kältewelle erwischte. Da es in dieser Jahreszeit schon empfindlich kalt werden konnte, hier oben. Na wenigstens hatten sie genügend Sachen dabei die sie noch anziehen konnten.

Es begann nun langsam wieder Tag zu werden. Er war überrascht, wie schnell er diesen miesen Schlaf doch aus seinen Gedanken vertreiben konnte, nur die Schmerzen erinnerten ihn noch an diese Nacht. Die Wolken hatten sich größtenteils verzogen und die Sonne trat, aufs neue gestärkt, durch sie hindurch. Es sah so aus, als würde einem guten einfachen Abstieg, vom Wetter, nichts mehr im Wege stehen. Es fiel Rolf natürlich schwer mit all seinen nassen Sachen, völlig übermüdet und mit Schmerzen in seinem Rücken, auch nur ein Meter zu gehen. Aber er nahm seinen ganzen Willen und stieß diese schlechten Gedanken einfach über Bord seines gedanklichen Luftschiffes.

Udo

`Gestern war ein mieser Tag, also versuchen wir heute das Beste aus dieser Gegebenheiten zu machen ´, meinte Udo zu Rolf.
`Ich habe auch Schmerzen am ganzen Körper, friere und bin total durchnässt ´, begann Udo fortzufahren, `also schauen wir, dass wir dieses Ding zu Ende bringen und nach Hause fahren können. ´
`Natürlich weiß ich wo wir lang gehen müssen, ich habe ja gestern aufgepasst. Ja ich hätte von Anfang an die Führung in die Hand bekommen sollen, dieser Arne war ja nur ein Quacksalber. Ein Mensch mit dem zwanghaften Komplex alles leiten zu müssen, um sich selber dann bestätigt zu sehen, ´ erklärte er Rolf.

Rolf

Er nickte und stimmte Udo zu, überrascht davon, es erst jetzt so richtig zu erkennen.

Arne war weg. Er hatte sich auf den Weg gemacht zu verschwinden, denn es war für ihn das Schlimmste sehen, zu müssen, wie groß doch sein Versagen war.

Udo

`Dort unten an der Hütte können wir erst einmal Pause machen und etwas Essen, ´ meinte er zu Rolf.
Es war die Hütte, wo er gestern auch Mittag gemacht hatte.
Udo wollte wissen, an was es lag, dass sie nicht zu ihrem Übernachtungsplatz gekommen waren, fragte also den Wirt, der überrascht war so früh schon einen Gast zu sehen, der nicht bei ihm geschlafen hatte. Der Wirt wollte aber erst mal wissen was ihm geschehen ist. Er hörte sich die Geschichte an und musste sich ein Lachen stark verkneifen. Ein Lachen bei der Vorstellung, wie er vor einem Heuschober stand, ungefähr 50 Meter entfernt von der eigentlichen Hütte, welche hinter der nächsten Wegbiegung war.
Dies lies in Udo die Wut aufsteigen, die Wut auf Arne, der absolut mit Selbstsicherheit verbohrt annahm, er hätte alles richtig gemacht und die Leute auf der Hütte wären die, welche den Fehler begangen hätten. Aber Arne wusste es doch genau, dass es seiner war, hätte er sich besser vorbereitet oder die Karteninformationen besser durchgelesen, oder einfach einmal hinter die Bergkuppe geschaut, so hätte es ihm auffallen müssen und alles wäre gut gewesen.

Udo war sich nun sicher über die Situation. Heute früh nachdem Arne als erster aufwachte und sich noch einmal Gedanken darüber machte, fiel ihm auf wie dumm und eigensinnig er gehandelt hatte, und verließ hinterrücks die Gruppe. Natürlich glaubte Udo nicht daran das seine Vermutung auch nur im geringsten wahr sein könnte, aber es ließ sich gut damit leben, und beim nächsten Zusammentreffen würde Arne schon etwas zu hören bekommen.

Udo kam an die Wahrheit ziemlich nah heran. Arne hatte zwar vermutet, das der Fehler irgendwo bei ihm lag, kannte ihn aber noch nicht. Wollte aber auch nicht vor der Gruppe damit konfrontiert werden.

Rolf

Es war schon eine Frechheit was sich Arne da erlaubt hatte, aber Rolf war froh, dass diese Geschichte nun doch noch so gut ausgegangen war. Das Schlimmste was ihnen noch bevor stand, war die Erkältungen auszukurieren, welche sie wahrscheinlich bekommen würden. Er begann alles von Anfang an noch einmal zu durchdenken. Die Vorbereitungen, die Abfahrt, das lustige Zusammensein auf dieser Fahrt, war dies eigentlich nur gespielt? Das erste Erblicken der Berge und des Gipfels auf den sie steigen wollten, die Ankunft, die ersten 50 Meter, die Baumgrenze, das Mittagessen, der letzte Aufstieg, die Ankunft, die verschlossene Tür. Und ab da konnte Rolf die Erinnerungen, die er bis zur Hütte am nächsten Morgen hatte, nicht mehr exakt voneinander trennen. Sie waren nur noch eine Gedankensuppe aus mehr oder weniger unerfreulichen Ereignissen.

Da trat sie in sein Leben.

Er wusste gar nicht, warum er sich jetzt in sie verliebt hatte, jedoch das Gefühl, als er sie sah, ließ keine Zweifel offen. Sie war eigentlich nicht sein Typ. Nur wer war sein Typ. Er war sich jetzt nicht mehr sicher darüber, konnte auch nicht sagen was der wirkliche Grund für dieses Gefühl war. War es sein momentaner schlechter Zustand, war es die Einsamkeit in der er jetzt wieder seit längerer Zeit steckte, waren es die euphorischen Empfindungen an die Situation, die so neu waren und dennoch alt vertraut. Oder war es wirklich ihretwegen? Er ging damit um, wie er es immer tat, ließ alles auf sich zukommen und entschied sich erst im letzten Moment für eine Möglichkeit, die er dann aber selten so richtig gut durchdacht hatte.

Und Rolf blieb hier bei ihr, er wusste zwar das dies nicht lange dauern würde, aber nun war er erst einmal hier und wollte nirgends woanders mehr sein, bis zu der nächsten die er erblickte, war er verliebt in sie.

Die Gleichung schien wieder zu stimmen und gleich Null zu werden.

Und Udo machte sich auf, den restlichen Abstieg zu bewältigen

<u>Per</u>

Und er war froh als er den verbleibenden Weg, nach unten, noch ohne weitere Pannen geschafft hatte. Es war kein gelungener Ausflug, aber solche Ereignisse, die absolut anders endeten als er sie geplant hatte, war er gewohnt in seinem Leben, dass voll war von diesem freudigen Warten auf den nächsten Untergang. Und genau jetzt spürte er das einmalige Eins werden, aufgehen mit allem was ihn umgab, vor allem mit sich selbst, in der alles vereinenden Mitte.

VI. Der Geburtstag

Irgendwie war Per heute nicht besonders gut gelaunt, er wartete nur auf den Anstoß, der den Stein ins Rollen brachte.

Max

Es war ihm aber wichtig, dass er heute auf diesen Geburtstag ging. Er wusste in dem Menschen, der heute hier feierte, hatte er einen guten Freund. Er hoffte, man konnte ihn noch so nennen, denn er war ihm ein paar Mal schon absichtlich aus dem Weg gegangen, keineswegs weil er ihn nicht gerne hatte, nein, er wollte ihn einfach nicht sehen, wollte lieber mit sich alleine sein. Eigentlich wollte er ja immer mit sich alleine sein und manchmal gab es sogar Momente, da wusste er nicht wie er weiterleben sollte, wusste nicht wie er die nächsten Sekunden überleben sollte, in der Gesellschaft von Leuten, die er abstoßend fand. Wusste nicht ob er sich weiterhin verstellen konnte, oder ob er dieses ganze Gespiele nicht doch lieber sein lassen sollte? Es war zwar meist nur ein kurzer Moment, aber wenn er ihn ergriff dann konnte er sich nicht einmal mehr vernünftig verständigen. Jetzt war wieder so ein Moment da und er fiel in seine selbst gewählte Isolation, mitten in dieser Menschenmasse.

Ist die Masse dein Angstzustand, du bist ja hier bestimmt in keiner Masse nur weil ein paar Leute um dich herum sind. Oder siehst du die Masse überall wo du nicht alleine bist. Was bist du fähig in den Menschen zu sehen?

Er war nur bereit den Gesprächen zu lauschen, wollte nichts sagen, wollte einfach nur den Menschen zuhören und sie anschauen. Versuchen ihre Charaktere zu verstehen, versuchen herauszufinden, was sie nur spielten und was echt war. Nur was hieß das schon wieder, echt oder gespielt? Konnte man diese Frage eigentlich überhaupt beantworten, oder stellen, im Besonderen an sich selber. Vor allem, kann man eigentlich sagen, wann man etwas spielt oder wann man so richtig sich selber und damit echt ist? Was bedeutete echt überhaupt?

Braucht man als Mensch ein Echtheitszertifikat für seinen Charakter? Wer würde dieses ausstellen? Die Gesellschaft? Der Staat? Das Militär?

Stefan

Er freute sich daran hier zu sitzen, unter seinen Freunden und sich den Gesprächen hinzugeben, zu jedem Thema versuchte Stefan seine Meinung kundzutun. Denn er war absolut überzeugt von sich und dachte, er hätte die Wahrheit mit Löffeln gefressen, müsse nun jedem daran teilhaben lassen, ob dieser es nun wollte oder nicht. Nur er wusste, dass er das Gesprochene danach nicht mehr wiederholen hätte können. Es sprudelte einfach aus ihm heraus und er war selbst überrascht in welchen Formen dies geschah, immer gut formuliert und genau passend für seinen jeweiligen Gesprächspartner. Er ließ sich doch in Gesprächen einfach immer nur treiben, eigentlich wollte er nicht reden, um gehört zu werden, nein er redete nur um sich selber hören zu können. Reden um des Reden willen. Er konnte auch nicht, wenn man ihn unterbrach, sagen worüber gerade geredet wurde, er wollte ja nur seine Stimme hören, die Themen spielten eine Nebenrolle. So liebte er es in Gesellschaft von anderen Menschen zu sein, besonders wenn diese seine Show nicht behinderten. Er gab auch meistens genau das von sich, was sein Gegenüber von ihm hören wollte oder erwartete, um dann vor dieser Person möglichst gut dastehen zu können.

Kommt da nicht Udo durch?

Paul

Er konnte ihn nicht leiden. Paul fand nichts, was ihm nicht negativ, an seinem Gegenüber aufgefallen wäre. Er war so eingebildet, so endlos eingebildet. Man merkte ihm an, wenn die Erde nicht bereits erschaffen wäre, dann hätte er es getan. Die unverrückbare Selbstsicherheit, die in sein schwammiges Gesicht gesetzt war. Das Ausnützen dieser Selbstsicherheit, welche scheinbar unzerstörbar war, bei jedem Gespräch, dass er mit den Leuten am Tisch führte. Dem Unsympath waren seine Meinungen wichtiger, als alles andere was es gab. Jedoch erkannte sich Paul doch irgendwie auch selber in ihm. Er konnte diese Art bei anderen nicht leiden, geschweige denn akzeptieren, obwohl er doch auch des Öfteren sich so gab. So musste Paul sich stark zurückhalten, dass er keinen Streit begann.

Aber warum sollst du dich zurückhalten? Es ist doch deine Natur.

Max

Nun war er wieder dran.

Hörte in sich hinein und war zufrieden damit, nichts mehr sagen zu müssen, einfach die Stille halten und versuchen sich zu konzentrieren auf die Beobachtung der Menschen, die hier um den Tisch saßen. Er hoffte, nur nicht als uninteressiert zu erscheinen, denn das war er eigentlich, bei genauerer Auseinandersetzung, nämlich nicht.

Aber wer will sich schon mit dir genauer auseinandersetzten?

Er hörte eigentlich immer voller Aufmerksamkeit zu, konnte auch stundenlang irgendwelchen Langweilern folgen und musste dabei nur wenige Male gähnen.

Nur warum hast du dann Angst, man könnte denken, dass es dich doch nicht interessiert?

Er hatte nur Angst, es würde irgendetwas falsches in seine Person hineininterpretiert werden. Besonders hier, vor allen Leuten, mochte er das Bild von sich behalten, mochte so bleiben wie er am glücklichsten war. Nur die Bekannten hier ließen ihn nicht für sich allein sein.

Dies war natürlich nicht der richtige Ort um mit sich allein zu sein, obwohl man diesen Punkt immer erreichen kann und somit überall das absolute Alleinsein entwickeln könnte, aber dies konnte er noch nicht. Und so kam ein anderer.

Per

Er begann selten ein Thema von alleine zu ändern, da er nicht wusste wie es ankommen würde bei seinen Gesprächspartnern. Wenn er auf Desinteresse bei ihnen stoßen sollte, war er gefangen. Gefangen hinter den Gittern der uninteressanten Aussagen, was für seine Zuhörer ja automatisch zum Aufkündigen der Gesprächspartnerschaft, mit ihm, führen müsste, so wie er dachte. Also durfte er nur in bereits gebildete Themen einsteigen und versuchte diese zu halten, denn plötzliche Wechsel über die erzählten Gegenstände, ließ ihn ebenso verwirrt wie schweigend zurück. Er wurde dann wieder zu einem in sich zurückgezogenen, das Gehörte verarbeiten, schweigenden Zuhörer.

Oder Max?

Stefan

„Nein, das finde ich nicht was sie da sagen", widersprechen gefiel ihm besonders gut, „Sie können doch nicht sagen das ihre Meinung über dieses Problem einfach nur aus Ignoranz besteht?"
Er mochte es, wenn er in der Lage war die Schwächen anderer Personen aufzudecken,
„und sie diese Ignoranz nur deswegen zu Tage bringen, da sie ihre Ahnungslosigkeit verbergen wollen."
„Meine Ahnungslosigkeit", fiel ihm sein Gesprächspartner ins Wort. „Pass auf was du da sagst, nicht das dir dein Mund zum Verhängnis wird."
Das hatte er jetzt schön gesagt, zum Verhängnis wird. Doch da kam es Stefan erst was dies bedeutete:
„Was soll das heißen?", fragte er gereizt.
„Es ist nur eine Warnung, die sie beherzigen sollten, denn sie müssen die Wörter, die sie aussprechen, auch einmal den Umweg durch ihr Gehirn gehen lassen und nicht ihren Mund wie eine sprudelnde Quelle einsetzen, welcher alles hervorbringen was da ist", sagte sein Gegenüber.

Paul

Das konnte doch nicht wahr sein, man hatte ihn beleidigt, man sagte offen etwas Negatives über ihn, alle konnten es hören und sahen wie sich das Bild auf Pauls Gesicht nun veränderte. Er hoffte für seinen Gegenüber, dass er es nicht so gemeint hatte, mit dem Umweg durchs Gehirn.

Stefan

„Was soll das heißen?", er gab ihm noch die Chance einen Rückzieher zu machen, heute war hier schließlich das Geburtstagsfest eines Freundes.
„Das was ich sagte, werde ich nicht zurücknehmen, denn meine Aussagen, gehen durch mein Gehirn", meinte sein Gegenüber,
Paul

...im Gegensatz zu deinen", und da rastete Paul aus. Das war zuviel, er konnte es nicht haben, wenn man ihn beleidigte, denn dies war sein Leben und er hatte das Recht es so zu leben, wie er es mochte und konnte, wollte sich von niemanden reinreden lassen. Gut, man konnte ihm gerne Ratschläge geben, aber beleidigen das durfte man ihn nicht. Das hieß auf keinen Fall, dass jeder seine Meinung annehmen musste, oder er gar vorgab wie man sich benehmen sollte in seiner Gegenwart. Nein, nur beleidigen das durfte ihn keiner, es machte ihn unsagbar wütend und da konnte er sich nicht mehr zurücknehmen. Er sah nur noch seinen Blick auf die Dinge und war so fest davon überzeugt, hätte dies am liebsten mit der Härte seiner Schläge zum Ausdruck gebracht.

Obwohl seine Sicht der Dinge meist falsch war, oder er sich auf Dinge stützte die so nebensächlich und unwichtig waren, so das es sich nicht lohnte dafür eine Dummheit zu begehen.

Lohnte es sich überhaupt eine Dummheit zu begehen, konnten Dinge falsch oder richtig sein? Wer würde dies festlegen? Immer die gleichen Fragen. Nach wem oder was sollte er sich richten? Nach der Gesellschaft, den Gesetzten des Staates, die ungeschriebenen Gesetzte des Kreises seiner Freunde, oder gar irgendwelcher Religion? Welche Religion käme für ihn dann in Frage? Oder wäre die einzige richtige Instanz, auf die er hören sollte, die Instanz in seinem Inneren gewesen? Doch wie konnte er diese hören, was war das Geheimnis ihrer Auffindung, denn er wusste für sich, sie war da. Ja, sie musste da sein.

Man konnte ihn gerade noch zurückhalten, einen Moment bevor er diese letzte Konsequenz des Streites angefangen hätte. Und Paul verschwand.

Per

Da begann er nachzudenken über das, was Paul beinahe getan hätte.

Wer war Max, wer war Stefan und wer war Paul. Auf wen solle er hören. Wie werde es enden? Wie hatte es angefangen?

Er stellte sich diese Fragen nicht bewusst, aber sie waren da, genauso wie alles andere da war, es wurde von ihm nicht gewollt wahr genommen, aber er spürte sie. Er hatte sich noch nie mit einem Menschen real geschlagen, immer konnte man ihn zurückhalten, ob er auf das Zurückgehalten werden baute, oder ob es einfach nur Zufall war, dass wusste er nicht. Aber was er tat, er spielte alle möglichen Kampfsituationen in seinem Kopf hundertmal durch. Das Gewinnen, das Verlieren, das Abstechen mit einem Messer, dass abgestochen werden, den Nasenbeinbruch und der gebrochene Finger aufgrund der Härte seiner Schläge. Er durchdachte es immer mit allen möglichen Konsequenzen, Körper, Geist, Gefühle und Zwänge der Situation.

Glaubst du, wenn du alle Möglichkeiten bedenken könntest, wüsstest du dann genau wie es sein würde, oder wird es nicht doch wieder vollkommen anders kommen?

Ihn würde es allerdings einmal interessieren, ob das Gefühl, welches er in diesem Moment davor spürte, sich auch wirklich durchziehen würde, oder ob es bei diesem kurzen Aufblitzten bleiben würde? Wenn es blitzte, da spürte er Übereinstimmung in sich und mit sich, nämlich das perfekte Zusammenspiel von Geist und Körper. Die Tatsache, da er es in diesen Momenten besonders stark spürte und es eigentlich ein Gefühl war, dass er für erstrebenswert hielt, machte ihm Angst.

Und er folgte dem Gespräch in der für ihn typischen Weise. Das schweigende Zuhören und lernen aus dem Betrachten der Menschen und deren Seelen.

Per: „Sagt mir spontan zwei Situationen, bei denen all eure Sinne so voll erwachen."

Arne: 1. Wenn ich der Organisator sein kann.
2. Wenn ich mich als Sieger fühle.

Max: 1. Wenn ich alleine bin.
2. Wenn ein Teil meiner Wahrnehmung verschwindet

Lou: 1. Wenn ich aufgehen kann in der Existenz anderer Welten.
2.Wenn ich viele Körper um mich atmen fühle

Andreas: 1. Wenn ich etwas sehe und dabei denke, es muss doch einen
.   Gott oder so etwas ähnliches geben.
2. Wenn ich mich als Sieger fühle.

Stefan: 1. Wenn ich viele Körper um mich atmen fühle.
2. Wenn mich jemand unfair behandelt.

Rolf: 1. Wenn eine Frau mich zum Vergessen bringt.
2. Wenn ich etwas sehe und dabei denken muss, es gibt doch   .
einen Gott, oder so etwas ähnliches.

Paul: 1. Wenn mich jemand beleidigt
2. Wenn ich der Gewinner bin.

Udo: 1. Wenn ich als Sieger dastehen kann.
2. Wenn ich meine Zeit mit Organisieren verbringen kann.

VII. Das Fest

Lou

Der Abend, an dem so viel geplant war, begann er ruhig bei einem Freund. Sie waren zu zweit und wollten heute Abend auch nicht mehr werden. Es war die Vorfreude, die in ihm das Blut steigen, ja fast schon kochen ließ, und die nicht mehr von ihm ging.

Ja, es würde ihm der Abend das geben, nach dem er so verlangte.

„Wer fährt heut Abend Auto", wollte Lou wissen.
„Ich kann schon fahren", meinte sein Freund.

Diese Hürde hatte er nicht gerissen, er nahm sie mit Leichtigkeit.

Das war es, was er hören wollte, denn Auto fahren vertrug sich heute nicht, mit dem Wunsch nach einem gedankenlosen Rausch. So kam er damit seinem in Gedanken, selbst erdachten und natürlich als perfekt entworfenen Abend, ein Stück näher.
„Wo wollen wir zuerst hinfahren?", fragte ihn sein Freund.
Das war ihm eigentlich ziemlich egal, er wollte heute Abend nur weg sein, einen Teil seiner Wahrnehmung verschwinden lassen, nicht mehr er selbst sein, dabei unbewusst ein Weg zu seinem Inneren Wesen zu sehen, und für diesen Wunsch war kein spezieller Ort mehr notwendig.

Stefan

Nein, egal war es ihm nicht, wo sie heute Abend hingehen sollten, er wollte möglichst viele Menschen um sich haben, die Kraft der Körper spüren, einer sein von vielen und sich selber in der Masse vergessen.

Dein Wunschtraum: Sich nicht mehr zu spüren, in der Einheit,die entsteht in der Masse. Wie die Ameise in ihrem Haufen.

Rolf

Auch ihm war es nicht egal, was sie heute machen wollten. Ihm war es wichtig, möglichst viele Frauen sehen zu können. Wobei es für ihn nicht entscheidend war, ob nun mehr dabei herausspingen würde, als dieses bloße Ansehen, oder nicht.

Du und deine Ausreden. Du sagst dies ja nur um dir vor dem ersten Schritt, den du dich nicht traust zu gehen, eine Mauer des Schutzes aufzubauen.

Aber wo konnte er das haben, was er finden wollte?

Udo

Nein, er konnte es nicht sagen, es wäre ihm zu peinlich gewesen, wenn sein Freund gewusst hätte, wie er wirklich war.

Was heißt das, wirklich sein?

Er wollte doch nur als der Beste dastehen. Der Beste sein, den es in diesem Punkt überhaupt nur gab. In diesem Punkt, in jenem Punkt, eigentlich in allen Punkten. Er wollte sich dadurch seine Einzigartigkeit beweisen, brauchte diese Bestätigung, um zufrieden zu sein. Zufrieden mit sich, mit der Welt, den Freunden, der Arbeit, dem Leben.

Die Einzigartigkeit! Sie besteht am intensivsten, wenn du dich selbst gibst. Wenn du dich spürst, in all deinen Facetten. Und nicht versuchst irgendetwas oder jemand nachzuahmen!

„Wenn du dich nicht bald entscheidest, werde ich ohne dich fahren", sagte sein Freund.
„Bald entscheiden? Ach ja stimmt. Was willst denn du machen?"
„Ach komm, wach auf. Ich habe dich gefragt du Schläfer."

Paul

Schläfer? Was sollte dies nun wieder heißen? Er hatte ihn beleidigt, ja nun verstand er es und wurde wütend.
„Was hast du gesagt?", wollte Paul wissen.

„Reg dich nicht schon wieder auf. Mach dich locker. Wir haben eine schwere Woche hinter uns und wollen weggehen, um uns zu amüsieren. Also lass uns einfach drauflosfahren."

Er wollte ja eigentlich nie so ein Miesmacher sein. Aber wenn man bei ihm auf den bestimmten Knopf drückte, dann war es vorbei.

Arne

Er hatte recht, die Woche war sehr anstrengend gewesen und sie sollten jetzt losgehen und ihren Spaß haben.

Spaß haben mit dem Hintergedanken, die Arbeit gut erledigt zu haben.

„Also los fahren wir!"

Stefan

„Also los, fahren wir!", sagte er zu seinem verdutzt schauenden Freund.
„Ja, wenn du dich nun endlich entscheiden könntest wohin."
„Na gut, also fahren wir zuerst in eine Kneipe, dann können wir schauen, wohin es weiter geht. Fest, Party, Bett, Fernseher. Lass es uns spontan entscheiden, o.k.!

Andreas

Und was war mit ihm los? Er war doch auch dabei.
Es gab nur noch keine Situation die ihm berechtigt hätte sich zu zeigen, aber er wusste seine Momente würden heute noch kommen. Da dieser Abend ja als ein Perfekter, in den Köpfen entworfen wurde, müssten sie noch kommen.

Ja, ja, diese Perfektion die nur in euren Köpfen existieren kann.

Max

Max wollte eigentlich nicht dabei sein. Er wollte irgendwo mit sich, so richtig alleine sein und nicht von tausend Reizen umringt werden. Die Reize, bei denen er nicht mehr zu sich selbst finden konnte. Die Reize, die ihn nur anstarrten mit den Blicken, die sagten du darfst uns nicht genießen, denn du gehörst nicht zu uns, du hast kein Recht uns zu besitzen, bleib allein und sei glücklich dabei.

Da war er weg von der Bildfläche.

Per

Sie gingen in ein Pub und wollten etwas trinken, um so den Abend ruhig beginnen zu lassen. Sein Freund und er waren in einer ausgelassenen Stimmung, der Alkohol tat noch sein Übriges. Per begann sich zu betrinken, dabei kam es ihm vor, als würde etwas ganz Neues starten. Kannte dieses wunderbare Gefühl des Anfangs, wo man versucht, das Geplante, so gut es geht in Erscheinung treten zu lassen, wo man noch benebelt ist von den Möglichkeiten die man durchdachte und sie dabei noch so wunderbar, erreichbar aussahen. Das Gefühl, welches er im Moment verspürte, konnte er nur wahrnehmen, weil er sich nicht hinterfragte. Er dachte im Moment wirklich nichts Spezielles, war gefangen und verankert in dieser Situation, die so herrlich einfach war. Er spürte wieder diese komplexe Einfachheit des Lebens, denn es war so wie es ist und ist so wie es war.

Arne

Als nächstes wollten sie auf eine Party gehen. Arne ging eigentlich nur mit, um sich den Blicken der anderen Besucher zeigen zu können. Wollte, dass sie ihn bewundernd trafen, die Blicke des Neids über seine Person. Wollte aber natürlich auch ihre Rechtfertigung durch seine Leistungen. Aber Rechtfertigung durch Leistung ist natürlich kaum möglich auf den ersten Blick.

War es ihm peinlich, sich jedem als das zu zeigen was er war. Weil er ja nicht das sein konnte, was er gerne darstellen würde?

Denn wenn alles wieder nur eine Vortäuschung wäre, hieße es das er mit seinem Leben nicht konsequent umgehen würde. Arne konnte dies nicht ertragen und müsste dann verschwinden.

Man wird sehen, wem er sich anschließt und ob er sich heute Abend noch einmal zeigen wird.

Aber er wollte nur als das gesehen werden, was er war. Der erfolgreiche, immer arbeitende, nie eine freie Minute habende, sein Leben bis ins kleinste Detail verplanende, nach Geld stinkende Business man. Bei dem man einfach nur froh sein konnte, dass man heute so viel Glück hatte ihn zu Gesicht zu bekommen. Einer der sich keine Sorgen machen brauchte wie er seine Zeit verbrachte, oder wie er die nächste Miete zahlen sollte. Da wo jede Bewegung und Handlung einfach eine Perfekte war.

Die Illusion der Perfektion. Der Traum der nie eintritt Immer wieder dasselbe.

Er lebte in dieser Illusion zwar gut, aber es war doch nur ein Wunschtraum. Das konnte der konsequente Arne nicht verkraften.

Heute hatte wohl keiner dieses Glück ihn zu sehen, da Per das Spiel mit den Charaktereigenschaften eines Arne zu sehr angestrengt hätte und er nicht für ihn bereit war, also ließ er ihn nicht kommen. Hatte natürlich auch Glück, dass keine Situation ihn forderte.

Stefan

Sie standen an der Kasse, in einer für das Ereignis viel zu langen Schlange, so wie Stefan zu wissen glaubte. Erahnend wie viele Menschen es werden würden, fühlte er wie sich die Freude auf den heutigen Abend, inmitten dieser unbekannten Menge, in ihm auftürmte. Die Begeisterung an den neuen Gesichtern, die er noch nie davor gesehen hatte, ihm aber doch nicht vollkommen fremd waren, gab ihm das Gefühl, hier wäre der einzige, wahre Ort, wo er heute sein wollte und dieses Gefühl von der erkannten, einzigen Bestimmung, war ein sehr mächtiges in ihm. Eben diese Stimmungen waren es, welche ihm diese Veranstaltungen jedes mal zu geben vermochten.
Er konnte sich aufgeben, ließ es mit sich geschehen, war wie die einzelne Zelle im großen Organismus. Er funktionierte hier einwandfrei, merkte wie seine Sinne erstrahlten und ihn mit Signalen fütterten. Ein untrennbares Gewirr von Reizen, die da über Stefan hereinbrachen, befriedigten seine Sucht nach Informationen. Tausend verschiedene Stimmen, Gesichter zu ihnen, Gebärden, Gefühle, Vortäuschungen, Geschichten zu den Menschen, Stimmungen, Liebe, Hass, Musik, Töne, Beats, Düfte, Gestank, Geschmack. Schweißperlen auf irgendeiner Stirn, volle Lippen eines Mädchens, die Ventilationsanlagen der Halle. Gespräche, die er beliebig

führen konnte, vollendeten diese Informationsflut. Dies alles ließ in ihm ein Gefühl des Glückes empor kriechen.

Andreas

Konnte es etwas Schöneres geben als den Blick der Erkenntnis?

Die Erkenntnis weckte ihn wieder auf.

Diese Frage kam in Andreas immer auf, wenn er besonders schöne Sachen sehen, erkennen konnte. Die Schönheit zu erkennen, dass bedeutet bei der Betrachtung derselben, sich am liebsten in einem Aufschrei auflösen zu wollen. War Schönheit nicht das Einzige, was es wert machte zu leben? Eine Schönheit die keine Worte braucht, die einfach nur da ist und sich nichts beweisen muss. Sie braucht eigentlich auch keine ständige Vertiefung oder Verfestigung, durch Sätze des Erkennens. Nein sie will einfach nur in Schweigen gehüllt, erkannt bleiben.

Die Schönheit, die er momentan erblickte, war fähig alles andere zu überbieten und konnte scheinbar von nichts mehr überboten werden. Diese Reinheit die er in ihrem Gesicht erblickte. Diese Augen, die ihn nicht mehr los ließen, weil sie vor Kraft nur so strotzten, dieser Mund den er, mit seiner Sinnlichkeit, schon auf seinen Lippen zu spüren schien, dieser Körper der mit seiner Weichheit danach schrie, von ihm berührt zu werden.

Rolf

Dieser Körper, den er nun mit seinen Blicken zu verfolgen begann, war von solch traumhafter Schönheit, dass er sich die Frage wieder zu stellen begann:
Ist sie es. Die Eine auf die er wartet, oder war es nur ein gezwungenes Gefühl? Erzwungen von seinen männlichen Trieben, die er nur nicht unter Kontrolle hatte. Er wusste es nicht, wusste nur das er eigentlich, sich von nichts beherrschen lassen wollte, da er sonst wieder all sein objektives Urteilsvermögen verloren hätte.

Gesteh es dir ein, es gibt Sachen, die sich von dir nicht beherrschen lassen.

Auf der anderen Seite aber wusste er, dass es die herrlichsten Gefühle sein konnten, zu denen er nun wieder hingetrieben wurde und ohne die er nicht existieren hätte wollen oder können. Es ärgerte ihn nur, dass diese Triebe immer da waren, sich nicht abstellen ließen und er sich so einem ständigen Bombardement der Reize seines

Körpers gegenübersah. Oft wusste er nicht, wie er hätte umgehen sollen mit ihnen, um für alle Seiten ein befriedigendes Ergebnis zu erzielen.

Manchmal aber wird es nicht möglich sein, es wird einfach weh tun und frage mich nicht warum du den Schmerz ertragen musst, du musst es einfach. Mach das Beste daraus für dich!!!

War dies eine Aufgabe seines Lebens? Sollte er es versuchen mit all den Schmerzen des Lebens klar zu kommen, ohne zu verzweifeln. Wollte ihn jemand prüfen? Oder war diese Idee einfach nur Schwachsinn?

Lou

Er ging gleich als erstes zur Bar und kaufte sich ein Bier. Trank es zügig aus, da es dann bei ihm die größte Wirkung zeigte, und er nicht so viel Geld ausgeben musste, bis der erwünschte Zustand erreicht war.
Er wurde langsam immer fröhlicher, besser gelaunt und erträglicher für seine Umwelt und war froh darum, dass dies so leicht ging, er einfach nur etwas trinken oder rauchen musste. Dann merkte, wie sich seine Wahrnehmungen veränderten und verschoben, alles irgendwie in einem glücklichen Gesamtzustand zusammenkam und endete. Die Suche nach der Realität, die bis jetzt noch als ein großes Geheimnis vor ihm stand, machte ihm mit dieser neuen Wahrnehmung am meisten Spaß und schien so einfach. Jedoch würde sich das Gefundene wieder verabschieden, mit dem Zeitpunkt der Nüchternheit.

Wirst du es verstehen? Oder wirst du es nur akzeptieren können?

Paul

Es waren doch immer die gleichen Gefühle, die ihn mitrissen und die ihn langweilten, so entschloss er sich weg zu bleiben Denn es wären Gefühle der Macht und des Machtbeweisens gewesen, diese gaben im Moment keinen Sinn für Per.

Das war eine kluge Entscheidung, nur für wie lange wirst du sie aufrechterhalten können? Du kannst doch eh nicht darüber bestimmen. Er wird einfach kommen.

Udo

Und sie schauten Udo an, als wäre er etwas Besonderes. Ihm kam es so vor als ob er, die Person Udo, irgendetwas inne hätte, dass alle anderen suchen würden und es auch erblicken konnten in ihm. Aber konnte es nur sein? Udo war nicht fähig, es sich zu beantworten.

Es sind die anderen in dir.

Es war ihm eigentlich auch egal, es kam ihm ja nur auf die Tatsache des „Angeschaut Werdens" an. Er wollte auch immer eine Art der Bewunderung, für ihn, in den Blicken spüren. Konkreter gesagt wollte er in den Blicken der Frauen Vergötterung spüren und in den Blicken der Männer Respekt, Unterlegenheit oder Angst.

In dem Punkt tust du mir Leid und ich kann dir nicht helfen.

Na gut, eigentlich war es ein sehr altes, überholtes Bild der Menschen, aber es war ihm recht so und er wollte es nicht anders.

Ja, lieber ein einfaches Bild der Menschheit, als gar keines?

Aber schaute ihn mal jemand auf eine andere Art an, als es ihm recht war, da wurde er gereizt, schlecht gelaunt mit einer Neigung zu einem gewissen Potential an Aggressivität. Dies passierte relativ häufig, es gab sogar Tage, an denen kam es ihm ständig so vor und er wäre am liebsten im Erdboden versunken, oder hätte, den Grund, am liebsten aus einem heraus geprügelt. Wenn diese Rollenbilder dann aber stimmten, und er einfach mal wieder der Mittelpunkt des Geschehens war, dann waren es Gefühle die er, wenn er ins Schwärmen geriet, gerne mit dem Göttlichen verglich.

Wie kommst du darauf es mit etwas zu vergleichen, dass hinter all deinen Horizonten liegt. Nur weil du denkst Göttlichkeit wäre gleichzusetzen mit den größten Gefühlen die du erreichen kannst.

Lou

Kam es ihm so vor, oder brauchte er heute weniger zu trinken um die gewünschte Wirkung zu erzielen, als sonst? Oder hatte er heute einfach schlechter gegessen? Als er darüber nachdachte fiel es ihm plötzlich auf, dass er des Steuerns, wie betrunken er sein wollte, fähig war. Es gab Tage an denen er noch so viel trinken konnte und nichts dabei spürte. Aber an Tagen, an denen er es so richtig wollte und sein ganzer

Körper auf betrunken sein eingestellt war, da brauchte er wirklich nicht viel Alkohol. Da ging es schnell mit dem betrunken werden.

Interessante Theorie, die du mir hier sagst und schön für deinen Geldbeutel, wenn sie zutrifft.

Und heute war so ein Tag an dem er wenig brauchte, er durfte nur das Ende nicht verpassen, da es sonst böse ausgehen konnte.

Stefan

Und nun kam er ganz zum Vorschein, warf sich voll in das Geschehen ein und begann wild zu tanzen. Hatte schon so viel getrunken, dass es Udo größtenteils egal war, was man über ihn dachte. Stefan war nun Per, Per nun Stefan und im nächsten Augenblick war er Rolf, Udo, Lou, Andreas, wer er nur sein wollte, um sein Glück zu erreichen.

Lou

Lou hatte genug für heute, wie die anderen meinten. Sie drängten ihn aus der Erinnerung, wollten Platz haben für andere, heute wichtigere Charakterbilder.

Udo

Waren sie da wieder? Blicke der Bewunderung? Blicke die in seinem Schicksal und Lebensweg etwas Besonderes fanden, was ja auch nicht so schwer ist, wie er zu wissen glaubte.

Rolf

Hatte ihm der Blick gegolten? War er es, den sie interessant fand? War es nun ein Blick, der tief in seine Persönlichkeit gerichtet war, oder doch nur ein oberflächliches Prüfen der Möglichkeiten?

Ja und er wusste was dieser eine Blick für ihn sagen und bedeuten konnte. Es war der Anfang, der alles in sich hatte. Man kann es immer wieder sagen und es sich versuchen zu erklären aber wird dann doch jedes Mal anders sein.

Wie verflucht unvorhersehbares das Leben doch ist.

Er lächelte sie an, und welcher Zauber? Sie lächelte zurück. Er beobachtete sie die ganze Zeit über und konnte in ihr die Magie des Anfangs erkennen, fühlen und spüren. Das Licht, welches er in seinen Gedanken über ihnen entzündete, hatte diese wunderbare Farbe der Ewigkeit.

Oh, Oh nein. Welche Farbe war es? Blau, Gelb?

Aber das Beste war, sie schien ähnlich über ihn zu denken.

Per

Ja er sah es, die Blicke die ihm galten und die er nicht missen wollte. Und da gestand er es sich ein und ging auf sie zu. Da die Musik ziemlich laut gespielt wurde, hätte er keine Chance gehabt sie anzusprechen, also zog er das Mädchen in Richtung Tanzfläche, verschwand von seinem Freund und umschloss sie mit seinen Armen. Er war aber in keinster Weise aufdringlich oder unverschämt. Nein, das Lustige war, er wusste nicht warum, aber es schien ihr zu gefallen und sie wehrte sich nicht, ließ ihn einfach gewähren. Eigentlich fand er es wunderschön, war aber so überrascht darüber, dass es ihn amüsierte.

Die meisten Charaktere in ihm waren nun zufrieden und sendeten ihm ein unbeschreibliches Glücksgefühl, oder waren in unsichtbare Weiten entrückt, damit unerreichbar. Aber dieses Gefühl hatte etwas betäubendes an sich und er konnte um sich herum nichts mehr so richtig einschätzen. Er hätte nicht sagen können, ob das Mädchen ihm wirklich gefallen hätte, denn sie war ja im Moment nur da, um ihn mit Glücksgefühlen einzudecken und zu überhäufen. Er hätte nicht sagen können, ob da eine gemeinsame Zukunft vor ihnen liegen könnte, oder ob sie ihn nur für eine Nacht reichen würde. Er hätte nicht sagen können, ob er wusste was genau er über sie dachte. Oder sollte sie es einfach doch sein. Die Eine und damit die einzig Wahre, richtige Liebe, in seinen Leben. Gut, dass dachte er ja bei jeder seiner Freundinnen, die er hatte, aber keine war fähig, ihn länger als ein paar Augenblicke so richtig zu interessieren. Vielleicht waren ja doch alle diese Fragen einfach nur dazu da, um sie zu vergessen, oder sich doch nur unnötig das Leben schwer zu machen, er wusste es nicht. Warum überhaupt mit einer Frau sich das Leben erschweren? Waren diese paar glücklichen Momente es wert, sie auf Dauer an einen ran zu lassen? Sie würden einem eh nur die Gefühle aus der Seele reißen, von denen man noch gar nicht gewusst hatte, dass sie da waren. Und dies geschah jedes Mal aufs Neue und immer wieder anders, also schützen war nur bedingt möglich.

Max

Da war er wieder glücklich, als er alleine, auf seinem Weg nach Hause war. Hatte es geschafft den ganzen Abend sich zu verstecken, aber doch nicht verdrängt zu werden. Immer da zu bleiben, sich nie ganz aufgebend. Er wusste, eigentlich hatte er mit den größten Anteil an Per, was aber keinen beängstigte. Es war ihm wie ein großes Würfelspiel der Charaktere, nur konnte man im Nachhinein immer genau sagen warum und wer sich wann zeigte.

Per

Es war das Beste, was er hätte tun können. Er ging alleine nach Hause, war zwar wieder unglücklich, aber hatte er doch wieder fast alles in sich spüren können. Eigentlich war es auch kein richtiges unglücklich sein, es war ein Schweben zwischen Glück und Unglück, verursacht durch die einzelnen Charaktere in ihm.

Schi/zo/phre/n<u>ie</u>
die; -, ...ein: 1. Bewusstseinsspaltung,
Verlust des inneren Zusammenhangs der
geistigen Persönlichkeit, Spaltungsirresein
(Med.) 2. innere Widersprüchlichkeit, Zwie-
spältigkeit, Unsinnigkeit, absurdes Verhalten

VIII. Snowboarden

Per

Es war ein Donnerstagmorgen und der Zug nahm seinen vorbestimmten Weg. Den Weg in Richtung Berge. In ihm, nur wenige Menschen. Es war noch ziemlich früh am Morgen und die Reisenden saßen sich schweigend gegenüber, die Stille nur unterbrochen von den Ansagen des Zugführers, wo sie das nächste Mal halten werden. Die meisten Mitfahrer schliefen, doch lag in dem Zug, für Per, irgendwie eine Stimmung des Aufbruchs. Der Aufbruch in einen neuen Tag, der sich mit großartigen, neuen und in die Ferne schweifenden Gedanken ankündigte. Die Sonne begann langsam auf der linken Seite des Zuges aufzugehen und man konnte sehen, wie sich der Tag wunderbar aus seinem Versteck der Nacht, emporhob. Soweit man den Himmel, im Morgengrauen, erkennen konnte, wurde er nur durch kleine schwerelose Wolken, in seiner Reinheit gestört. Die Wolken wurden an ihrer Unterseite leicht bestrahlt von einem wunderbaren, rötlich-blauen Licht. Es war einzigartig, diesen Moment des erwachenden Tages miterleben zu können. Er verstand nicht, warum ihn ein Sonnenaufgang so ins geistige Taumeln bringen konnte. Die Erde drehte sich doch nur der Sonne wieder entgegen, es geschah nichts Unerklärliches. Nur weshalb spielten dabei seine Gefühle so verrückt? Per konnte auch nicht verstehen, warum all diese Menschen in dem Abteil schliefen und sich an diesem Anblick nicht ergötzen wollten? Würden sie nicht diese wunderbaren Gefühle des Morgenglücks besitzen wollen, oder gar können? Hatten sie keine Zeit, keine Lust oder Angst dies mit sich geschehen zu lassen. Er wusste es nicht, aber sie taten ihm trotzdem leid. Es machte nun den Eindruck, als würde der Zug durch eine Zeitschneise fahren, genau auf diesem berühmten Punkt der Mitte, sich bewegend. Links ging die Sonne auf und es wurde immer heller, rechts war es noch dunkle Nacht. Man kam sich, bei den wechselnden Blicken aus beiden Fenstern vor, wie bei dem herumzappen durch die Fernsehprogramme. Die Frage nach den Möglichkeiten kam auf. Das Wie und Ob, oder wo ist die Zeit hingekommen. Warum kam Per nur auf so absurde Gedanken? Heute war einfach ein Tag, der nach Zeitschneisen verlangte und er ließ ihnen Raum in seinem Gehirn gewähren. Ja, es war ein goldener Morgen, der hier zum Miterleben einlud. Ein Morgen, der einen Tag einläutete, welcher nur schwer zu übertreffen sein würde. Aber doch jeder Tag sein kann, sein sollte und auch ist.

Udo

Mit dem Brett unter seinem Arm, verließ Udo den Zug und es gefiel ihm, wie ihn die Leute hier anschauten, irgendwie so als ob er etwas Besonderes wäre. Obwohl er ja nur hier war, um seinen Spaß zu haben, was ja eigentlich nichts außergewöhnliches war. Aber Udo wollte dies doch, dass jeder nun sehen musste, wieviel Spaß er heute haben würde und ihn darum beneiden sollte. So dass der Neid in ihre Gesichtszüge stieg und er ihn, mit Freude, erblicken konnte. Die Frage nach seiner Besonderheit tat sich auf:

- Ja, er wollte natürlich als ein weit, über die flache Menschenmasse herausragender Gipfel angesehen werden und dies voll ausleben.

- Nein er bildete es sich nur ein, hier etwas außer gewöhnliches zu sein und das ihn die Leute besonders interessiert anschauen würden.

Es waren zwar nicht so viele Leute wie sonst, hier in diesem Skiort, denn es war während der Woche und von Ferien war diese weit entfernt, aber trotzdem konnte Udo eigentlich nichts außergewöhnliches sein. Er, der Wintersportler in einem Skiort. Vielleicht hatte er etwas in seinem Gesicht, was er nicht sehen konnte und ihn blöd ausschauen ließ. Es könnte ja auch sein, dass er einen für alle weithin sichtbaren Fleck, Vogeldreck, auf seiner Mütze hatte und er dies nicht bemerkte. Das beunruhigte ihn, war aber mit einem kurzen Blick, in ein spiegelndes Schaufenster behoben. Jedoch die Leute die ihn ansahen, so bildete er sich ein, betrachteten ihn hoch interessiert und gaben ihm das Gefühl irgendwie heute anders zu sein, als alle sonstigen Menschen.

Das ewig wiederkehrende Problem deiner Eitelkeit.

Der Blicke wegen, sich mit seinen Gedanken empor zu heben auf die Stufe der Könige. Dies machte Udo gewöhnlich ziemlich viel Spaß und ließ ihn immer sicherer werden und so konnte er spüren wie sein Blut immer blauer wurde. Aber in Situationen, wo er sich seiner nicht sicher war, da bewirkte es das Gegenteil und er musste sich erst aufs Neue behaupten. Er wurde irgendwie ein Häufchen Elend, dass nur darauf wartete davon gefegt zu werden, immer wieder und wieder. Er konnte nichts aus diesen Situationen lernen, sie kamen einfach. Ohne, dass er sie hätte abwehren können. Er kämpfte jedes Mal tapfer mit ihnen und der Tag musste erst besiegt werden, immer wieder aufs Neue.

Max

Er war alleine hierhergekommen.
Gut keiner hatte Zeit, da heute für alle anderen ein normaler Arbeitstag war, aber das störte ihn auch nicht weiter, eigentlich war er sogar froh um dieses allein sein mit sich selbst. Seine Gedanken wieder zu sammeln, versuchen ein paar ruhige klare Ideen in seinem Kopf fassen zu können. Sein Leben mal wieder probieren auf die Reihe zu bekommen, sich seinem Standpunkt auf dieser Welt klar werden, wieder alles kritisch unter die Lupe nehmen. Sich tausend verschiedene Geschichten, über die Möglichkeiten in seinem Leben, durch den Kopf gehen lassen, aber dann doch wieder zu keinem zufriedenstellenden Endpunkt zu gelangen. Alles wieder, ohne großes Zutun von einem selbst, auf sich zukommen sehen zu müssen.

Warum willst du nichts dagegen unternehmen?

Die Leute, die mit ihm in dem Zug zum Gipfel saßen, störten ihn dabei auch nicht weiter, er kannte sie ja nicht und sie kannten ihn nicht. Es war ihm sogar eine Freude, sich bei den Gesprächen der Anderen mit einzuklinken, aber nur zuhörend,ohne etwas zu sagen. Das höchste was er tat, war den Leuten ein Lächeln zu schicken. Ansonsten sah er aus dem Fenster und bewunderte die in ihren Bildern unübertreffliche Gebirgswelt. Das Weiß, das Blau und das Gelb waren von solch unbeschreiblicher Klarheit, wie es einfach nur wirkliche Farben in unserer realen Welt sein konnten. Farben die einfach da waren und vor Leben nur so sprühten, die nicht auf irgendwelchen Paletten nach ihrem Annäherungsgrad ausgesucht wurden und somit doch nur der Versuch einer Vortäuschung waren. Wo war wohl der Yeti. Gab es ihn überhaupt, oder war das doch alles nur eine Erfindung, eines sich langweilenden Gehirns, gewesen? Obwohl ihm der Gedanke recht merkwürdig vorkam, fragte er sich doch noch, wann er das erste Mal in den Alpen gesichtet wird. Wie hätte er dann eigentlich überleben können und wie groß müsste die Population sein, um ihm ein sicheres Fortpflanzen zu garantieren. Da vorn stand eine sehr massive Rotbuche, die mit ihrem verwelkten Kleid, welches leicht rötlich war, aussah wie eine schlafende Königin. Wie teuer es wohl war, sie als kleinen Baum zu kaufen und sich in sein Garten pflanzen zu lassen. Nein, pflanzen, dass könnte er bestimmt selbst erledigen. Aber eigentlich doch unwichtig.
Die Gedanken hatten heute keinen Zielbahnhof in seinem Kopf, sie schossen einfach wie Kanonenkugeln durch sein Gehirn.

Stefan

Er fühlte sich wohl hier in der Zahnradbahn zur Bergstation, besonders als sie ihren Weg in den Berg hineinnahm und bis zum Bahnhof unter dem Gipfel, auch in ihm blieb. Stefan war ziemlich eingepfercht zwischen all den anderen Leuten, die auch ihre Freizeit mit einem Bergsport verbringen wollten. Aber das Fühlen der Menschen, das Sehen von hundert neuen Gesichtern und das Ausdenken neuer Geschichten über sie, gab ihm eine Freiheit in ihm selbst. Er wusste nicht warum, er spürte sie nur in sich.

Du kannst sie von oben herabblickend betrachten und sie mit deinen Stories in ein fertiges Gedankenkostüm stecken. Kommst dir so natürlich göttlich vor. Aber hat es Bedeutung?

Er lächelte dem älteren Herren, ihm gegenüber an, worauf dieser gleich das herrliche Wetter, welches heute herrschte, als Einstieg für ein Gespräch nutzte. Stefan ließ nicht auf sich warten und gab ihm eine Breitseite seiner Wettertheorien mit. Aber das Wetter gibt, wenn es schön ist, nicht viel Stoff für die Unterhaltungskunst ab, so begann man über das zu reden, was einen hierher verschlagen hatte, wie lange man dableiben wollte und wie der Schnee so war. Nur absolut belangloses Zeug, ohne jeglichen Tiefgang. Aber warum auch? Es war nun heute einfach nicht wichtig, warum der Mensch so ist wie er ist, oder wohin uns der eingeschlagene Weg führen könnte. Jetzt war er Stefan und Stefan wollte nur ein zufriedener Teil des Ganzen werden.

Max

Max war froh, als sie die Bergstation erreichten und er wieder aus der gefüllten Zahnradbahn steigen konnte.
Er wusste nur zu gut, worauf Max sich so richtig freute. Es war das pure allein sein mit sich selbst, dass ihn hier erwarten könnte.

Das einzige in ihm, war Max, für diesen Moment.

Er wollte nur in sich gekehrt sein, dabei Schnee, sein Brett und Spaß haben und die Berge fühlen können. Natürlich die Berge, die Natur und das Ganze der Welt in sich und um sich herum aufnehmen. Aber vor allen die Verbindung aller Elemente, einmal wieder gezeigt bekommen. Einfach nur fühlen, spüren, fühlen, erahnen, fühlen, wissen und wieder aufs Neue fühlen.

Ja man konnte sie nur fühlen, man konnte sie nicht sehen, erfassen oder gar bestimmen, obwohl es so viele Versuche gab ihnen Gesetzmäßigkeiten aufzuzwingen, welche aber nichts Wert waren. Natürlich man konnte viel mit Hilfe der Gesetzte sagen, und es stimmte oft sogar mit Sicherheit. Doch die alles entscheidende Frage konnte einem nicht beantworten werden, sie war einfach da, ungelöst: WARUM ! !

Paul

Da merkte Paul, dass er sie alle in die Tasche stecken konnte. Keiner, den er heute sah, war fähig sich mit ihm zu messen, geschweige denn war dieser dann besser als er. Paul fuhr auf, diesen Pisten, einfach überlegener, als der Rest es tat und dies befriedigte ihn so richtig, denn die Attribute des Unschlagbaren, an sich zu sehen, war das beste Gefühl, das er kannte. Und da dachte Paul sich, er müsste es nun den Menschen hier oben so richtig zeigen.

Udo

Und das, nachdem Udo ständig auf der Suche war, passierte mit einmal.
Eines war auf alle Fälle gut, er wusste wenigstens, auf was er wartete und konnte somit auch glücklich sein, wenn es eintrat.

Oder alles nur Hirngespinste deiner Vorstellungskraft?

Nur war es das wert? Konnte dies ein Leben ausfüllen, die ständige Suche nach Anerkennung? Udo wusste es nicht, wollte es auch gar nicht wissen, akzeptierte es einfach und suchte.
Da fuhr er, kreuzte den Hang, welcher ein tiefverschneiter war und sah, als er seine Blicke nach unten folgen ließ, dass er beobachtet wurde, von den Menschen die den Lift gerade nach oben fuhren. Man konnte von diesem Schlepplift aus, den Hang in den er gerade eingefahren war, wunderbar während der ganzen Fahrt beobachten. Da wusste er sie müssen ihn anschauen, es führte kein Weg daran vorbei. Udo würde sie heute ernten, die Blicke der Bewunderung. Dies in sich wissend, begann er mit dem Flow sich treiben zu lassen. Er spürte die Blicke von jedem einzelnen, als sie ihn in seiner Fahrt erkannten. Er konnte sich immer mehr in ihr steigern, wurde besser und besser, wusste das war es, wusste es konnte sich nicht mehr intensivieren, wollte am liebsten auf ewig in diesem Moment verweilen. Er konnte die Blicke spüren, wie sie seinen Körper trafen, saugte sie in sich auf, machte eine Mahlzeit aus ihnen und kam dann satt unten an, nachdem er sie verspeist hatte.

Max

Da fuhr er, kreuzte den Hang, welcher ein tiefverschneiter war und sah, dass vor ihm noch keiner diesen Weg gewählt hatte, somit der Hang noch unschuldig vor ihm lag. Wartend auf seine entjungfernde Fahrt. Da überlegte er nicht mehr lange, er ließ sich sinken in die Falllinie des Berges, sich mit ihr vereinend und spürte für einen kurzen Moment nichts mehr.

JJJJJAAAAAAAAAAAAAAAHHHHHHHHHHHHHHHHUUUUUUUUUUUUUUU!!! !!!

Mehr war da nicht mehr zu sagen.

Paul

Da fuhr er, kreuzte den Hang, welcher ein tiefverschneiter war und wusste es konnte heute hier keiner besser machen als er. Begann in den tiefen Schnee zu sinken und mit der steigenden Geschwindigkeit fing er an zu fliegen, fliegen über den Hang und durch die Köpfe der anderen, da wusste Paul, er war der Beste.

Rolf

Da fuhr er, kreuzte den Hang, welcher ein tiefverschneiter war und wurde so richtig wach als er in den Schnee, seine dem Berg die Unschuld raubenden, Spuren schnitt. Mit was konnte er nun die Gefühle vergleichen, die er im Moment hatte? Klar, sie waren nicht weit entfernt, von ihrer Intensität, wie die welche er zwischen Frauenschenkeln spürte. Natürlich nur anders, aber war doch so viel Gemeinsamkeit in ihnen. Unbeschreiblich
Ja, Wörter müssen vor Gefühlen kapitulieren.

Per

Der Schnee staubte, als er seine Kurven zog und Per flog dahin. Flog mindestens zwei Meter über den Boden, aber spürte gleichzeitig, wie der Berg ihn noch fest in seinen Händen hat. Sein Magen krippelte und jede Kurve ließ ihn die Anziehungskraft spüren.
War vereint.
War eins.
Gab ihm nur einen Konzentrationspunkt.
Gab ihm das genaue Wissen, er war es, der hier lebte.
Gab ihm aber auch das Gefühl, zu wissen warum.

Denn der Moment fragte nach keinem Grund.

Max

Ja, er hatte dieses Gefühl, nach dem er jagte, mal wieder, so richtig, nur für ein kurzen Bruchteil. Aber es war da und bedankte sich damit, ihm eine Zufriedenheit mit sich selbst zu geben. Er hatte es in dem Tiefschneehang gehabt, als er nur den Berg, den Schnee und sein Brett unter sich spürte und sich selber ganz klar in seiner Brust hatte. Es war das „Alles ist richtig in einem Moment" Gefühl. Wo einem das Glück die Brust zu sprengen scheint, da wo man sich nicht kennt, aber doch genau weiß, wer man ist. Da wo die Mitte alle Gegensätze einschließt und vereint.

Udo

Doch als er unten ankam, war alles wieder vorbei. Keiner hatte ihn bewundert, keiner für außergewöhnlich gehalten, nichts mehr war da von den Blicken die ihn verschlungen haben, sowie er es sich eingebildet hatte. Das Leben ging weiter, genauso normal wie es aufgehört hatte. Keiner war da, der ihn als das sah, was er gerne darstellen würde.

Per

Bloß, als was wäre er eigentlich gerne gesehen worden? Was wollte er sein? Der coole Alleskönner, der sportlich Ehrgeizige, der gestresste Geschäftsmann, der erfolgreiche Künstler, der Frauenheld, der Schlägertyp, der Mensch der mit sich allein am besten auskam, somit doch der Einsiedler oder einer der mit einem Bein in einer anderen Dimension stand? Er wusste es nicht.

Er war eigentlich nichts so richtig.

Udo

Aber er wusste doch, dass ihm das bloße angeschaut werden reichte, da war es ihm egal, wegen welchen Gründen dies geschah. Vielleicht nur, dass er einen Charakter voll und ganz verkörperte. Mit all seinen Taten, diesen einen Typen darstellte. Ihn in all seinen Konsequenzen auslebte.

War es das? Kam er mit seiner Vielschichtigkeit nicht zurecht. Sind es seine unermesslich vielen Persönlichkeiten, die ja in ihm wohnten, mit denen er sich nicht vertrug? Die er noch nicht verbinden konnte, so dass sie eine klare Gesamtheit ergaben. Aber sie wohnen doch in jedem von uns, wie gelang es nur den anderen sie in Einklang zu bringen? Oder wählten sie den Weg der Verdrängung und ließen nur zwei maximal drei an die Oberfläche kommen, immer mit guten Entschuldigungen.

Andreas

Als er unten am Hang stoppte und zurückschaute, da überkam ihn ein unglaublicher Schauder, als er seine Spur erblickte. Es war verwirklicht. Er sah, in dieser Spur seine Gedanken fliegen, sie war so perfekt, dass es ihm schon fast unheimlich und phantastisch vorkam, es zu erkennen. Das gegenseitig, immer wechselnde Spiel der Kurven, jede einzelne mit so viel Kraft wie die Sehne des Bogens kurz vor dem Abschuss eines Pfeils, der sein Ziel nicht verfehlen würde. Sie waren für ihn ein Bild des Lebens, bestimmt durch sein ständiges rauf und runter aber dies doch in vereinter, kompletter, wahrer Harmonie.

Da war er wieder, zufrieden mit sich selbst, überzeugt er konnte etwas Göttliches in dieser Linie erblicken. Damit in sich selbst?

Klar, in wen sonst.

Er fragte sich was er jetzt machen konnte, mit dieser neuen Erkenntnis? Gut, er hatte sie erkannt, aber wird er irgendwann fähig sein und es irgendjemanden mitteilen können? Konnte er dies schaffen mit dem Weg der Kunst? Aber seine Kunst, die er schuf, hatte ihn noch nie so befriedigt wie diese Kurven, die er heute fuhr. Sollte er nun wieder in dieses, vom Scheitern verfolgte, Gedankenkostüm steigen? Oder war es gar nicht wichtig diese Erkenntnis anderen Menschen zu zeigen, sollte das eigene Erkennen ausreichen. Sollte er es in seinen Gedanken begraben und keinem zeigen? Andere Menschen konnten ihm eh nie das entgegenbringen, was er von ihnen erwartete. Also überließ er es seinen Mitmenschen sich mitzuteilen. Aber die Gefühle der erkannten Wahrheit, waren für ihn nun mal wichtiger als alles andere, und so enorm in ihrem Erscheinen, dass sie doch irgendwie nach dem erkennenden Schrei, der die anderen aufhorchen ließ, verlangten.

Paul

Ja und er hatte sie in die Tasche gesteckt. Hatte es sich selbst gezeigt, dass er als einer der Besten heute den Berg verließ. Er gab sich keinen Schwächen hin, er war derjenige dem der Tag gehörte.

Das waren schöne Gefühle, wenn er bedenkenlos das Unbezwingbare in ihm erkannte und sah, wusste er war der Stärkste hier. Ihm gehörte und er spürte es genau, am heutigen Tag, in diesem Moment, die ganze Welt.

Lou

Und er sang im Lift, bei dem erneuten Hochfahren.
Dies hatte er schon lange nicht mehr getan, er hatte es eigentlich noch nie gemacht, ohne Musik, ohne Alkohol, nur von einem Gefühl aus seinem Bauch herausgetrieben. Er war sehr froh, dass der nächste der ihn hören hätte können drei Bügel hinter ihm fuhr. Er fühlte sich göttlich berauscht. Er brauchte gar nichts zu tun, es kam einfach von sich heraus und er spürte es in seinem Inneren, also sang Lou weiter, ließ es passieren. Er war der wahre Glücksmoment, in Per.

Per

Sein Körper und sein Geist waren heute wieder gute Freunde um nicht zu sagen sie waren eins.

Dies spürte er besonders, als er auf dem Weg zur Zahnradbahn noch einmal die herrlichen, weißen Berge erblickte, mit dem Eindruck dieses einmaligen Tages im Hinterkopf.

Warum nur sind die Momente, in denen er sich als eins spürt, nur so kurz?

Arne

Er war zwar noch nicht zu Hause, aber er genoss schon das Glück. Die Zufriedenheit mit der geleisteten Arbeit. Was konnte man daran eigentlich als Arbeit bezeichnen? Er wusste es nicht, aber irgendwo waren da doch Parallelen. Es war die Tatsache das er ganz in einer Situation aufgegangen war, Erfolg sprich Spaß gehabt hatte und nun befriedigt den Rückzug antreten konnte.

Stefan

Nicht zu vergessen Stefan, auch er war da. Er fühlte, wie sich das Theater um ihn herum langsam füllte. Es fing an, als er in den Hang gefahren war und steigerte sich weiter. Es wurden immer mehr die er jetzt so richtig wahrnehmen konnte und das bereitete ihm Glück. Ja, er war doch nicht allein.
Alleine in seiner Haut.

Rolf

Das Mädchen das er erblickte, als er in die Zahnradbahn stieg, war das Schönste, was er je gesehen hatte.
Mit Abstand sogar, sie war so lieblich, so vollkommen, so rein... und in ihrem Gesicht schien sich alles zu vereinen. Und genauso wie dieses Mädchen aussah fühlte sich Rolf, in diesem Augenblick. Wenn das nicht herrlich ist, jemanden vor Augen zu haben und dabei zu wissen man fühlt sich genauso wie dieser aussieht. Es war ihm noch nie eine Frau untergekommen, welche dieses Bild von seinem perfekten Tag in ihrem Gesicht der Welt zeigte. Bloß was war es, dass in ihm diese Gefühle regte. Sollte er es nun diesem Mädchen gestehen oder irgendwie andeuten was er in sich spürte, über sie? Erstaunlich kurz blieben ihm dieser Gedanken im Kopf, denn ihm war es ja eigentlich egal. Fand es nur schön, sie heute gesehen zu haben.

Egal? Was ist dir daran egal? Baust du dir wieder ein Zaun aus Lügen zum dich herum auf? Weil es bequemer ist, dich zu verstecken?

Per

Ja, und da waren sie alle vereint, an einem Ort zur selben Zeit, im selben Moment.
Hieß dies nun er solle sich ganz verabschieden von dieser Welt und diesem Körper?
Oder war dies nur die einmalige Ausnahme in seinem Leben. Die Ausnahme die er ja suchte und eigentlich zur Regel machen wollte. Die er mit Hilfe der Einzelheiten in seinem Charakter doch öfter schon im kleinem hatte erfahren können, aber im Ganzen?
Was hieß eigentlich im Ganzen? ... War das überhaupt schon alles? Und wenn ja, warum?

Du hast sie auch schon oft im Ganzen gehabt, nur als solches gesehen hast du sie noch nicht.

Nur merkte er nun, wie sie ihn wieder allein ließen. Richtig registrieren konnte er sie erst alle in dem kurzen Moment bevor sie wieder verschwanden.

Rolf

Wie konnte es nur geschehen, dass er ein Mädchen traf und diese für ihn den ganzen heutigen Tag verkörperte und irgendwie in sich trug. Es war doch sein Tag. Niemand sonst durfte ihn in sich haben. Oder wie kam es, dass er seinen Tag in ihr sehen konnte, was hatte dies zu bedeuten? Es überraschte ihn auch, bei erneutem Nachdenken, dass er sich zwar zu ihr hingezogen fühlte, aber doch keine Versuche machte, die zu einem Tausch der Adressen, oder ähnlichem, führen hätten können. Er unterhielt sich zwar mit ihr ein wenig, war aber nie darauf aus sich in ihr Leben einzumischen. Gut, dass ihr Freund neben ihr saß war ein guter Grund, aber keine wirkliche Hinderung.

Gute alte Macho-Sprüche. So kennen wir dich.

Er verlor sie aus den Augen, als die Zahnradbahn ankam, dachte sich dabei auch nichts weiter. Jedoch auf dem Weg von der Talstation zum Bahnhof, lief sie ihm noch einmal über den Weg und er war froh darüber, denn ihrem Körper nach zu urteilen, welchen er nun zum ersten mal ganz sah, würde der Tag entweder noch ein schlechtes Ende nehmen oder es war nur eines seiner wirren Gedankenspielchen gewesen. Denn wie er so ihr Hinterteil, mit seinem ganzen Volumen sehen konnte, passte sie überhaupt nicht mehr in seine Gefühle über den bisherigen Tag. Er ließ aber diese Gedanken einfach im Raum der Berge zurück, als er in den Zug, der ihn nach Hause bringen sollte, einstieg.

Lou

Als er in den Zug, der ihn nach Hause bringen sollte, einstieg, da war er nur noch Erinnerung.
Gedanken, die ihn nun nicht mehr festhielten. Das eigentlich Interessante war die Frage, wie könnte er sich diese Gefühle, so oder ähnlich, wieder zu eigen machen.
So war es zwar eine sehr schöne Erinnerung, aber eben nur noch eine vergangene.
Wann wird es das nächste Mal sein, wo er wiederkommen kann.

Es war nur zu hoffen, dass es bei einer ähnlichen Tätigkeit war und nicht bei irgendetwas, dass deinem Körper schaden würde, sprich Drogen in zu starken Mengen und Heftigkeit.

Max

Er lass noch in seinem Buch, dass er dabei hatte. Er liebte es alleine Zug zu fahren und dabei zu lesen. Es passte ebenfalls so wunderbar zu der Stimmung des heutigen Tages. Hermann Hesses: Narziss und Goldmund. Er kam gerade an die Stelle, an der Goldmund seine Ader zur Kunst entdeckte.

Andreas

Ja. Er hatte heute Kunst geschaffen. Es mag vielleicht kein anderer verstehen, aber diese Spuren, heute von ihm im Schnee, die aussahen als wären sie hinein gezaubert worden, in ihnen konnte er etwas erkennen, was ihm nicht so häufig zu Teil wurde. Es hatte zu tun mit der Gesamtheit allen Denkens und aller Taten, aller Aktionen und Reaktionen, aller Bestimmungen und Zufälle. Es war dasselbe Gefühl, dass er hatte, als er Michelangelos Pieta in Rom bewundern durfte. Es fiel ihm nicht schwer, hier einen Vergleich zwischen Michelangelo und seinen Spuren im Schnee herzustellen. Nur was für Gefühle brachten ihn auf diese Idee? War es der Ausdruck von Jungfräulichkeit, den er in Marias Gesicht erkennen konnte, aber dabei doch wusste, dass es ihr Sohn war den sie in Händen hielt. Wie konnte Michelangelo es nur schaffen den Ausdruck von Jungfräulichkeit in ein Stück Stein zu schlagen? Und wie konnte dies, mit seinem Wissen über die Geschichte Marias, sich zu einem einmaligen Gefühl der erkennenden Wahrheit vereinen? Warum hatte er jetzt wieder dasselbe Gefühl? Was war es genau für eine Empfindung? Nicht einmal das konnte er sagen. Was war Kunst eigentlich? Wer hatte sich eigentlich die Definitionen für die Wörter ausgedacht. Gut sie kamen evolutionär, aber trotzdem muss deren Aussage doch eigentlich immer wieder aufs Neue bestimmt werden. Die Wörter waren doch nur leblose Buchstaben, deren Sinn auch bei ihrer Aneinanderreihung ihm fehlerhaft schien und nie seine Bedeutung für etwas treffen konnten. So war er nicht fähig ein Wort zu finden, welches dieses, sein einzigartiges Gefühl, bei dem Anblick der Spuren im Schnee, fähig war zu umschreiben. Gut, es waren eine Menge anderer Worte im Umlauf, die in die Nähe kamen, es aber nie genau treffen konnten. So wie Kunst, göttlich, Kraft, Harmonie, Einheit, Verwirklichung, Wahrheit, Reinheit der Gefühle und so weiter.
Es war einfach fühlen, denn sie waren von ihm. Wahre Gefühle konnte er einfach nicht in das Gefängnis der Worte zwängen

Per

Da war er wieder im Zug. Die Persönlichkeiten verschwanden aus seiner Hülle, oder verlor er die Persönlichkeiten? Sie kamen nur zusammen in der freudigen Erinnerung an die vergangenen Taten des Tages.
Nein sie waren da, nur gemeinsam als eins auftreten, dass konnten sie nicht mehr. Und so wird dieser Tag auf ewig in seinem Kopf bleiben, die Erinnerungen sich auf ewig, immer tiefer, in sein Gehirn brennen. Lüge. Es wird gebrandmarkt sein von diesem Erlebnis, genauso wie es die anderen Ereignisse aus Pers Leben gemacht haben. Jedes hat seine unverwechselbare Spur in seinem Kopf hinterlassen und er hätte es gerne, dass er manche sichtbar nach außen tragen konnte. Dieses nach außen offenkundige tragen seiner inneren Erfahrungen, war für ihn eine Idealvorstellung, da wo jeder Mensch, der ihn traf, sofort das Richtige von ihm denken würde und weiß, woran er ist.
Aber würde das nicht in eine unbeschreibliche Langeweile ausarten? Wahrscheinlich, aber er wollte es doch so gerne, dass man ihm die Erfahrungen im Gesicht ablesen konnte. So wie dem alten weisen Ziegenhirte, welcher in seinen Gedanken dabei ständig mitspielte. Der, wenn er auf seine Ziegen aufpasste, sich so viele ungestörte Gedanken über das Leben machen konnte und sie sich so irgendwann in seinem Gesicht abzeichneten. Bloß wenn dies eintreffen würde, jeder fähig wäre sofort alles über einen Menschen zu erkennen, dann hieße dies zwar keine Missverständnisse mehr unter den Menschen, aber man würde mit der Langeweile einer absoluten Klarheit konfrontiert. Oder gab es noch etwas, dass man dort finden konnte, was weder langweilig noch aufregend war. Sondern was einfach sein wird und einfach ist.

Aber was wäre er dann eigentlich? Gäbe es für ihn eine Definition, die so einfach und so anschaulich durchschaubar wäre, wie die Worte farbig oder farblos, Tag oder Nacht?
Wie lautet eigentlich das richtige sinngebende Wort für ihn? Arne, Max Lou, Andreas, Stefan, Rolf, Paul, Udo, Per oder war er einfach ein moderner Mensch. Ein Mensch ohne Namen?

Arne

Und er spürte es, als er über diesen Tag nachdachte, wie einmalig es doch war seinen ganzen Körper in Aktion zu fühlen und sich dann am Abend in dem Andenken des Erreichten zu suhlen. Es war wie eine Dusche mit herrlichen Gefühlen. Er sagte zu sich, dass ihm dieser Moment jetzt nun wieder über lange Zeit nahe bleiben würde, was ihm eigentlich für diesen Winter schon wieder gereicht hätte. Er fühlte in sich, als ob er alles erreicht habe was er suchte, bekommen konnte von dem heutigen Tag, dem diesjährigen Winter, seinem Leben.

Na gut, du spürst es jetzt, aber das Erreichte lässt dich nicht ruhen, es wird nach mehr schreien und du wirst es ihm geben müssen.

Weshalb er auch so unsagbar zufrieden und glücklich wurde und zu denken anfing, der vergangene Tag hätte sein gesamtes Leben aufgewogen, hätte alles in sich gehabt, wäre so voll gewesen und da hätte er sofort sterben können. In dieser Art geschah es häufig bei ihm, er hatte irgendwelche ausschlaggebende Ereignisse, die nur für ihn wichtig waren, in denen er immer eine Lebensgenugtuung sah. Sagte sich, es war nur dieser Moment für den er lebte und es hätte sich auch gelohnt, er würde es immer wieder so machen. Jedoch ging Arne mit diesen Worten zu schnell und unbedacht um. Es war zwar schön für ihn, dass er so denken konnte, es auch wirklich immer so fühlte, aber hielt es doch nie lange an. Er war dann ständig auf der Suche nach der Wiederholung dieses Gefühls, Ereignisses, Moments.

So war das Leben für ihn ein endloser Kreis der Versuche glücklich zu werden und zu sein.

IX. Die Gespräche

Max: Weißt du woran ich glaube?
Lou: Nein. Wie meinst du das?
Max: Ich glaube an die endgültige Gewalt des Schicksals.
Rolf: Und wie begründest du diese.
Max: Ich kann sie nicht begründen, ich fühle sie einfach in mir.
Andreas: Das ist schön für dich, aber wie würdest du sie jemanden anders beschreiben, deine endgültige Gewalt?
Max: Das kann ich jetzt noch nicht sagen, ich werde einfach schauen was es mit mir macht. Ob ich fähig bin eine gelungene Geschichte zu erzählen, oder ob ich kein Wort aus meinem Mund bekomme, ich weiß es nicht. Ich kann und will es nicht planen, was ich sagen werde. Ich will überhaupt nichts planen, denn es wird sowieso nicht eintreten.
Rolf: Aber warst du nicht immer schon einer, der sein ganzes Leben verplanen wollte?
Max: Nein, da verwechselst du mich.
Arne: Ich war es, der sein ganzes Leben gerne verplant sah.
Ich konnte es nicht leiden, wenn das Leben mit mir Katz und Maus spielte. Es geschahen Sachen, die ich so nie geplant hatte, aber sie blieben mir unwiderruflich in meinem Lebenslauf stecken und dies war mir absolut zuwieder. Denn es war mein Leben und das da ein Herr namens Schicksal, in ihm herum spukte, hat mir überhaupt nicht gefallen. Also begann ich damit, dass Schicksal aus meinem Leben zu vertreiben.
Paul: Wie hast du das gemacht?
Arne: Ich habe es natürlich nie geschafft, da es ein absolut unmögliches Unterfangen ist. Aber wozu einem Naivität doch manchmal verleitet, ist erstaunlich. Ich dachte, man könnte durch das Bewusstmachen seiner gewünschten Ziele im Leben und über das konsequente Verfolgen derselben, seiner Zeit ein wenig Beständigkeit und Sicherheit geben.
Max: Was hielt dich davon ab.
Andreas: Es gelang mir nicht. Ich versuchte es, aber vieles kam dazwischen, und jetzt gebe ich den Versuch nur nicht auf, weil ich mir zu viele Lügen aufgebaut habe, welche ich zerstören müsste.
Max: Ich versuchte ja das selbe Ziel zu erreichen, nur habe ich einen anderen Weg dabei verfolgt. Ich, mit dem Plan in meinem Kopf, dass Schicksal zu überlisten und seine Geheimnisse herauszufinden. Ich habe mir dabei zum Ziel gemacht, die Arbeitsmethoden des Schicksals, der Götter oder des Gottes wie immer du es auch nennen möchtest, herauszufinden. Um mich dann gegen sie zu erheben und selbst ein Gott zu werden oder zu mindestens so etwas ähnliches, weil man seine Leitlinien geknackt hat. Ein verdammt grünschnäbliger Plan, doch er hat mich einiges gelehrt und eins ist mir ganz klar geworden, nämlich das sich das Schicksal, oder wie du es

nennen magst, nicht fassen lässt, denn es reagiert immer anders als du denkst und findet immer eine Lösung, die du davor nicht bedacht hattest.
„Daraus könnte man doch etwas machen", glaubte Arne zu wissen.
„Ja das dachte ich auch und ich weiß natürlich was du denkst.

Das war ja kein Wunder bei demselben Körper indem sie steckten.

„Du denkst es wäre möglich alle Varianten eines Zukunftsentscheids zu bedenken, aber das kann man nicht, ich habe es versucht. Zu mehr, als das man sagen kann, die Sonne geht heute Abend unter, reicht es einfach nicht. Und das macht einen besonders verrückt, wenn man einen Sinn hinter dem ganzen Weltenspiel glaubte erkennen zu können und immer noch glaubt zu sehen. Ein Stück Wahrheit, ein Stück als Beweis, dass es irgendetwas hinter dem Ganzen geben muss.

Es ist egal was für Wahrheiten das sind, akzeptieren wir es einfach.

Besonders klar wird einem das, wenn man in geschehenen Ereignissen einen Sinn für sich findet und dieser der einzig Richtige war und ist. Aber du kannst dies immer erst über die Vergangenheit sagen, für die Zukunft bleibt es unmöglich. Du kannst auch nicht großartig etwas lernen daraus, denn selbst ähnliche Ereignisse verlangen nach einer anderen Lösung und so muss man dann doch jedes Mal wieder von vorne anfangen."
„Da sind wir wieder bei dem Punkt, dass du die Tatsache deines unglaublichen Glückes, welches du einmal gehabt hattest, mit dem Finger des wachenden Schicksals vergleichst."
„Ich glaube man kann es sich nicht so einfach machen und sagen es gibt ein Schicksal oder es gibt es nicht."
„Wir beide wissen wie es gelaufen ist und können uns darüber unterhalten und wissen, dass es unsere Geburtsstunde war."
„Nein uns gab es schon vorher, nur wurden wir nicht als solche erkannt.", glaubte Andreas zu wissen.
„Ja, das mag schon sein aber sind wir schon alle erkannt", fragte Stefan.
„Nein, die Frage sollte lauten", brachte sich jetzt auch Paul mit ein. „Sind wir schon alle verstanden?"
„Nein, besser noch wann treten wir auf in unserer Hülle", wollte Lou wissen.
„Oder", bemerkte jetzt endlich auch Udo. „Wer von uns kommt dem wahren ICH am nächsten? Oder gibt es das „wahre ich" gar nicht, so wie sich das Per vorstellt?"

„Ich denke, also bin ich
Ich fühle, also denke ich
Du denkst und fühlst, also bist du"

Per: „Wer bist jetzt du?"

Weshalb so überrascht? Du hörtest mich schon oft.

Per: „Bist du noch einer, der in mir ist?"

Ja in dir bin ich auch, jedoch so ganz nun auch wieder nicht.

Per: „Was soll das jetzt heissen? Wollt ihr mich alle vearschen? O.K. wer bist du und was willst du mir sagen und warum treffe ich dich jetzt und wieso reichen mir die anderen nicht mehr aus, wo sind sie denn überhaupt?

Langsam, langsam. Definiere erst einmal die Ebene unseres Treffpunktes

Per: „Was soll ich definieren und warum überhaupt ich und welche Ebene meinst du denn?"

Du musst sie definieren, denn du hast angefangen damit.

Per: „Angefangen mit was?"

Ist es dir nicht klar, hast du keine Idee? Weißt du nicht mehr wie alles begann? Nein, natürlich weißt du es nicht mehr, hast es ja verdrängt. Denn du hast es aufgegeben, es gab keinen Weg für dich, den du gehen konntest, gehen in Richtung des Rätsels Lösung.

Per: „Du redest in einer Sprache, die mir bekannt erscheint. Lösung, Ziel, Weg, Richtung, Rätsel, ja das ist mir doch vertraut.

Ja, das denk ich mir. Du hast dir diese Wörter selbst einmal als streitbar auserwählt.

Per: „Jetzt mal ernsthaft. Was willst du von mir?"

Die Frage ist ja wohl eher, was du von mir willst. Ich hab mich nicht hergeholt.

Per: „Was soll das nun wieder heißen? Hab ich dich hergeholt und wenn ja, woher?"

Das weiß ich nicht, aber da bin ich und die Frage ist, was willst du von mir?

Per: „Was könnte ich von dir wollen?"

Dich

Per: „Wie mich?"

Wolltest du dich nicht schon immer „Selber finden"

Per: „Ja schon, aber wer bist nur du in meinem Spiel?"

Dein Schicksal

Per: „Mein Schicksal, klar bitte noch kitschiger, abgedroschener und ungenauer."

Dann nenn mich dein Unterbewusstsein, deinen siebten Sinn, deine Seele, dein Geist, dein inneres Wesen, dein Gott.

Per: Na gut, ich verstehe warum du die Ebene unseres Treffpunktes definieren wolltest. Dann sei mein Unterbewusstsein. Sei es und sag mir warum ich dich sehe."

Du siehst mich nicht, du spürst mich nur. Du spürst mich sehend.

Per: „Schöne Sachen kannst du erzählen, aber was willst du mir sagen? Nein warte, du bist natürlich nur dazu da, um mich zu hinterfragen und nicht um mir Ratschläge, oder gar Lebenshilfen zu geben."

Richtig, du lernst schnell, besser hätte ich es nicht sagen können.

Per: „Also gut fangen wir noch einmal an. Am besten bei meiner Kindheit."

Nein, nein, jetzt bitte keinen Lebenslauf.

Per: „Hast du Angst vor Sachen die besser nicht ans Licht kommen sollten?"

Was für Sachen sollten nicht ans Licht kommen? Deine Kindheit war eine Reine und Zufriedene. Du würdest am liebsten in ihr weiterleben, also auf zu Neuem.

Per: „Ich dachte schon du wüsstest irgendetwas, das tief in mir verschüttet liegt und mir Probleme bereitet, und hatte Angst. Aber na gut, wo sollen wir dann Anfangen?"

Wo wollen wir aufhören?

Per: „Dort wo alles anfängt, wo alles eins ist und nichts sich verliert."

Genau das wollte ich hören.

Per: „Dann sind wir uns einig. Ich weiß zwar nicht wie das kam, aber gut. Rede ich über mich. Was kann es geben das mich glücklich macht? Denn glücklich sein, so denke ich, ist das erstrebenswerteste Gefühl, dass es gibt. Nur ist dieses Gefühl, viel mehr der Grund weshalb man es hat, so wandelbar und gegensätzlich wie man es sich nur vorstellen kann"

So, glücklich willst du sein. Dann sag mir, wann bist du glücklich?

Per: „Diese Frage stelle ich mir andauernd und kann sie nicht auf einen Punkt bringen."

Aber du kannst es doch auf viele Punkte bringen.

Per: „Klar, auf so viele, dass es mir unheimlich erscheint. Sie sind auch noch so unvereinbar, auf den ersten Blick. Von einem Punkt erscheint mir rot als die Schönste Farbe, vom anderen Standpunkt ist es blau, dummes Beispiel aber ich hoffe du verstehst mich."

Natürlich verstehe ich dich und deine Standpunkte des Betrachtens.

Per: „Du willst damit sagen alles ist veränderbar und nichts ist konstant, wenn man seinen Standpunkt verlässt! Das Leben lässt sich einfacher betrachten, wenn man seinen einen bestimmten und bewährten Blickwinkel, das ganze Leben lang beibehält, immer gleichbleibt und nicht mit seinen Erfahrungen wächst."

Jeder schreitet voran, auch wenn er noch so festgefahren ist.

Per: „Heißt denn dies, man sollte sein Leben so oft ändern wie man kann?"

Überlege dir die Festgefahrenheit der Dinge.
Per: „Mhmm, die Festgefahrenheit der Dinge.
Die Statische Änderung.
Die unbewegliche Änderung.
Die ruhende Änderung.
Der ständige Wandel.
Die Festgefahrenheit der zwanghaften Änderungen".

Zwanghaft, das ist gut. Vielmehr natürlich nicht gut. Abstoßend sogar.

Per: Du sagst und meinst also die zwanghafte Änderung der Lebensumstände, das ständige versuchen irgendwelche neue Dinge hervor zu bringen und der Versuch aus diesem sein Lebensmotto zu finden, wäre abstoßend?"

Das sagst du. Ich gebe hier nur Ideen für dich. Denn du musst es wissen.

Per: „Dann meinst du jeder solle in seinem Leben, alles das was er machen möchte einmal ausprobiert haben, um dann darüber urteilen zu können?"

Alles?

Per: „Nein, natürlich nicht ausnahmslos alles. Keine Sachen die irgendeinem Schaden beifügen oder einem selber nicht guttun."

Dann muss man ja doch auf irgendwelche Personen vertrauen können, die einem vom schlechten Abhalten können, oder willst du versuchen alles selbst zu erleben?

Per: „Nein, so bedacht nicht. Aber ich suche doch nur einen Weg zu mehr wahren Glück, zu mehr Momenten in denen man weinen könnte vor Freude, und es auch tun sollte, und in denen man das Universum spüren kann. Ich möchte ihn suchen und finden in mir. Ihn, den Gott der Momente, denn ich weiß da steckt er irgendwo verborgen und lauert darauf, dass er mich überraschen kann."

Ist es nur einer der lauert?

Per: „Nein, mit Sicherheit nicht. Es kommt mir vor als wären es hunderte ja Tausende, die ich da innehabe. Und einer kann das komplette Gegenteil eines anderen sein und zu dem wahren Moment des Glückes werden. Ich möchte nicht übertreiben, aber ich könnte mir vorstellen, dass die Sachen welche mich heute aufregen, mir Morgen nur noch zum Lachen genügen, und ich mir dabei nicht schäbig vorkommen werde."

Findest du das schlimm?

Per: „Ja, ehrlich gesagt schon. Ich finde es schlimm einen wankelmütigen Charakter zu haben, der sich ständig ändert und von einem Extrem in das nächste springt. Na gut, ich übertreibe da wahrscheinlich ein bisschen, aber es kommt mir öfters so vor das ich auch so bin."

Wo wir wieder bei der Festgefahrenheit der Dinge wären.

Per: „Die ewige Wiederkehr des Gleichen."

Ha, mit den Worten des großen unzufriedenen Philosophen gesprochen.
Ich glaube wir sollten uns verabschieden von der Vorstellung, jedem Dinge wohnt
etwas unbegreiflich Logisches inne.
Ja verabschiedet euch von der Vorstellung, euer Leben ist eine mehr oder minder
große Anzahl von Zufällen.
Verabschiedet euch von der Vorstellung, man könne dem Leben ein Netz mit den
Maschen des Greifbaren überstülpen.
Verabschiedet euch von der Vorstellung, eure Bildung könne die Mauer sein, die
euch vor eurem eigenen Teufel schützt.
Verabschiedet euch von der Vorstellung, ihr hättet in eurer Seele keinen Teufel, ein
Teufel der nur darauf wartet gereizt zu werden und euch dann mit seiner ganzen
Existenz gegenübersteht.

Verabschiedet euch von der Vorstellung, es gäbe keinen Gott in eurem Körper.
Verabschiedet euch von der Vorstellung, ihr wisst wer ihr seid und habt euch
immer unter Kontrolle
Verabschiedet euch von der Vorstellung, es gibt das einzig Wahre, dass immer
Recht hat und nicht widerrufen werden kann.
Ihr könnt das Universum, mit all seinen Formen, nicht in euer mit Vernunft
verschlossenes Gehirn bekommen.
Denn es wird niemals hören auf die von euch erfundene Vernunft.

Wörter, Wörter, Wörter,
Viel zu sagen.
Doch,
Mache dir deine eigenen Gedanken.

Wörter, Wörter, Wörter,
Viel zu hören.
Aber sie sind ja doch nur,
Buchstaben,
Geblasen vom Atem des Körpers,
Wie der Staub vom Wind,
Nur ein lästiges Beiwerk des Lebens.

Wörter, Wörter, Wörter,
Viel zu vergessen,
Ihr ewiges Wiederholen,
wird uns auch zu
keiner Lösung bringen.

Denn es gibt nur eine:
Den Tod
Aber suche ihn nicht,
Lass dich finden,
Er kommt eines Tages mit seiner ganzen Macht,
Wird dir die Antworten geben die du haben wolltest,
Sei kein Idiot,
Laufe ihm nicht hinterher,
Er wird dich eines Tages fangen.
Und dann........

Du wirst sehen.

Per

Ja, er hatte es geschafft.

Er hatte es gefunden. Gefunden und in seiner ganzen Form für sich erkennbar machen können. Er spürte die Harmonie, die Harmonie des Lebens, in dem Kopf den er gerade modelliert hatte und sah in seiner Erscheinung ein Stück, ein großes Stück, von der auf ewig gesuchten Perfektion. Er sah sie in den Augen, die ihn so mit Leben anschauten. Sie starrten eigentlich durch ihn hindurch und trafen sich genau in seinem Kopf. Es war egal wo er auch hinging, sie folgten ihm und ließen nicht von ihm ab. Das Licht der Kerze brach sich, in ihnen, wie ein Funkeln der Erkenntnis. Diese Erkenntnis übertrug sich auf ihn, funkelte und glitzerte in seinem Inneren. So wurde er auf ein Neues so unsagbar glücklich, zufrieden und vereint mit sich selbst.

Es war dieselbe Perfektion die er in einem Berg, einem Sonnenuntergang, einem Baum oder auch in bestimmten Momenten sehen konnte. War sich seiner bewusst und sehr zufrieden, dass es etwas gab, was er gemacht hatte und so viel Kraft ausstrahlen konnte. Eine Kraft, die Per voll in seinem Bann hielt und für lange Zeit nicht mehr von ihm los lies. Ihn einfach sich als eins fühlen ließ. Er musste einfach nur sein Werk betrachten, er konnte nicht wegschauen, genauso wie er dies auch von bestimmten Naturereignissen her schon kannte. Sah es an und sah es an, da wirbelten ihm die Gedanken nur so durch den Kopf und er wollte keinen einzelnen dieser Gedanken sterben lassen, wollte alle durchdenken, somit durchleben.

Er fragte sich nur wie lange er dieses Gefühl haben konnte. Gut, diesen Moment konnte ihm keiner mehr nehmen, dass er leider morgen schon nicht mehr abrufbar sein wird, das war ihm ebenfalls klar. Aber es wird anderes kommen und wenn nicht dann wird es der Tot sein der kommen muss, denn dann war es so perfekt was er geschaffen hatte, dass ihn das Leben nicht mehr verkraftete. Er war froh, dass diese Chance so gering war und niemals eintreten würde, denn er sah ja andere Werke von wirklich begnadeten Künstlern, die das Leben trotz ihrer Perfektion zu verkraften schien. Wobei er wieder bei der Theorie wäre, nach der alle positiven und negativen Ereignisse am Ende doch ein Plus Minus Null ergeben würden. Jedes Negative hat seine Begründung in etwas Positiven, genauso anders herum und er konnte nun den Schmerz der Genies erkennen, war froh darum, dass er keiner war.

Kann man eine Gleichung aufstellen die, wenn man das Leben sich leben lässt, sagt je intensiver die Schmerzen sind desto stärker werden die Emotionen der Glücksmomente? Sollte dies nun heißen, wer diese unsagbar starken Momente des Glückes, so richtig, nicht mehr spüren kann, der hat ein wirklich zufriedenes Leben. Oder hatte er dann die Langweile in ihrer Perfektion gefunden? War nun die Langweile eine Voraussetzung für das zufriedene Leben, oder die ständigen Schwankungen eines Lebens auf der Welle, ein Erfordernis für das glücklich sein? Er wusste es nicht und konnte sich nicht helfen.

Also gut, was konnte er nun alles lernen aus diesen vermuteten Tatsachen? Wie konnte er sein Leben meistern?

Das Leben ist einem ständigen Wandel unterworfen und man sollte sich nicht dagegen wehren.
Hatte er das nicht schon so oft irgendwo gehört aber nie so ganz glauben können und sollte es somit doch keine neuen Lösungswege für das Leben geben? War alles schon gesagt und er musste sich nur mit den ganzen Denkern über dieses Thema auseinandersetzen, oder sollte er nur den Lebensweisheiten die seine Großeltern schon hatten folgen und somit die Bibel erneut lesen, oder den Koran, die Lehren Buddhas, denn im Grunde bauten sie alle auf demselben auf?
Konnten ihm ein paar Sätze die Komplexität des Lebens, auf einen verständlichen Nenner bringen? Oder war das zu wissen Warum, einfach ein absolut unbegreifliches nicht zu fassendes Mysterium.
Nimm das Leben wie es ist.
Schon wieder ein Satz der sich so einfach anhört und der einlädt ihn einfach nachzuplappern, ohne sich mit Gedanken darüber zu belasten.
Nimm das Leben wie es ist und lerne zufrieden zu sein.
Eine genauso richtige Erweiterung des Satzes.
Nimm das Leben wie es ist und lerne zufrieden zu sein, dich zu fügen aber nicht vergessen, auch wenn nötig dich zu wehren, dich kennen lernen, deinen Stolz zu bewahren, ihn aber nicht Überhand werden zu lassen, das Gute zu lieben, das Böse aber nicht nur zu verschmähen, sich nicht versuchen irgendwo festzufahren, aber auch keinen Marathon der Wechsel durchführen, nicht hinter Mauern zu verbarrikadieren aber auch nicht im Glashaus leben............
Und so kann man die einfachen Sätze auf ewig fortsetzen und in ihnen den Überblick verlieren.
Die Extreme schließen einander nicht aus, sondern ein.
Die klugen Sätze nehmen kein Ende denn:
Sie gehen den Weg der Ewigkeit.
So kann es auch keinen alles vereinenden, in sich richtig und nicht stürzbaren Schlusssatz geben.

ENDE

Glück ist nur ein Schauder der gelogenen Wahrheiten

Dieses Buch ist meiner Familie gewidmet.
Im Besonderen meiner Tochter Anna-Lea.
Des Weiteren danke ich allen die mich in
schwierigen Zeiten unterstützt haben.

MIX

Papier | Fördert
gute Waldnutzung

FSC® C083411

Zeitfracht Medien GmbH
Ferdinand-Jühlke-Straße 7
99095 Erfurt, Deutschland
produktsicherheit@kolibri360.de